阿呆船

Ahou-sen

倉田耕一

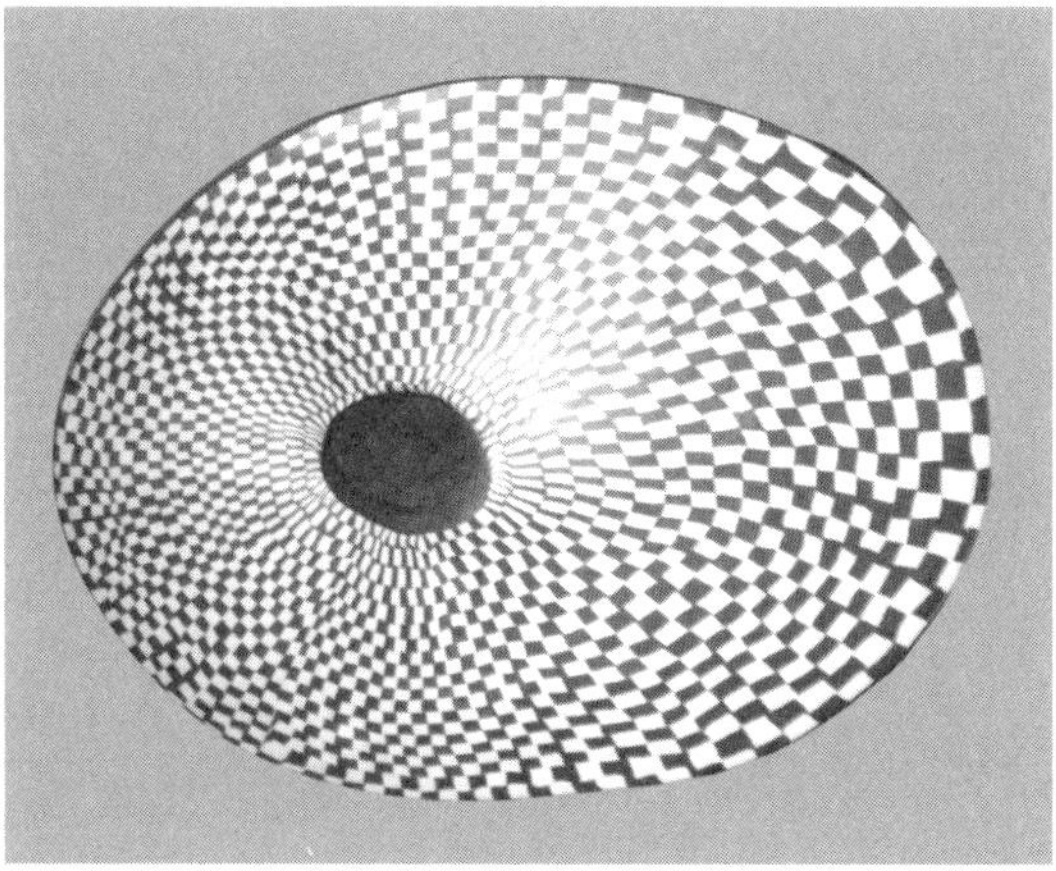

文芸社

阿呆船——もくじ

彼は自己の愛や他者の愛を、憎しみと同じく破壊的なものとみなす。愛されることは彼をおびやかす。だが彼の愛も同様にほかの誰かにとって危険でもある。

『ひき裂かれた自己』（R・D・レイン）

一章　病葉

1

病院から国内線の空港ターミナルビルが見える。ターミナルビルの派手さに比べると、病院の正面玄関は傷んでモルタルが露出していた。潮風にさらされ、トタン屋根が赤茶に錆びている。それでも各病室の窓ガラスを覆う鉄格子だけは小さな花火さながら、陽の光に反射し、無気味に輝いていていた。

病院から白い波頭が波打つ海原が眺望できた。遠くの汀線《ていせん》に落ちる夕陽は社会の喧噪を忘れさせてくれる。波頭が風に操られ、その汀線を翻弄する。波打ち際から病院までは、直線距離にしてほんの数百メートルしか離れていない。矢沢病院は丘陵地に建っていた。季節になると、周辺の浜辺にハマナスが見事な赤い実をつけた。

病院は昭和四十五年に開院。ベッド数は八十床からスタート。現在はその二倍の百五十五床となっている。当時の建物は洒落たモーテルのようで、若いアベックが病院をそれと見間違い、玄関まで車で乗り付けてくることもあったという。

開院から十五年目の初夏である。

病院の周辺も大分、当時とは様変わりし、新興住宅地となって近くにはアパートやコンビニなどが建っていた。

今朝、岩見は事務室で元患者の家族から入院依頼の電話を受け取った。医局と病棟に院内連絡をし、古ぼけた事務室で書類整理や患者と家族の相談業務のケース記録を書いていた。婦長から折り返し、内線電話がかかってきた。

「悪いんだけど、患者迎えに行って貰えないかしら。運転手の斎藤さんのほかに看護人の誰かと思ったんだけど、日勤者が二人も休んだものだから、病棟のほうが手薄なの。あんた、行ってよ」

電話は有無を言わせない一方的なもので、婦長の甲高い声だけが岩見の耳に残った。

看護者の詰め所に出向くと、婦長は彼を見るなり、再び同じことを繰り返した。彼女からすれば、病棟で注射も打てない岩見が相談業務と称して勝手気ままに病棟内を動き回り、患者間を渡り歩く姿は我慢ならない存在に見えたに違いない。

看護一筋の彼女にしてみれば、患者の相談業務などといいながら、患者を甘やかす新手の業種「ケースワーカー」は、信用のならない職種といえた。

岩見の耳に婦長の甲高い声がまだこびりついていた。生理的な嫌悪感を覚える。真っ赤な口紅を塗った彼女の口唇を見るたび、彼は自分の背筋を軟体動物が這うような不快感を感じた。

矢沢病院は精神病院である。この病院のケースワーカーとして二ヶ月半が過ぎようとしていた。婦長の指示通り、斎藤の運転する病院のライトバンに同乗し、彼は鎌田吉太郎を自宅まで迎えに行くことになった。

陽射しは弱く、さほど風もない。前日までの風雨が嘘のようである。水を張った田んぼには若草色した水稲の苗が植えられ、野山の樹木も灰色から新緑に萌え出していた。例年だと、もう梅雨入りの時期である。気象台の梅雨入り宣言はまだ先のようだ。

「誰の紹介で就職したんだい。大学の紹介なのか？」

斎藤が運転しながら岩見に尋ねた。

「ぼくですか……病院の勘違いから就職したようなものです」

「どういうことだい？」

「次長がケースワーカーという言葉を早合点したんですよ。就職希望している医学生がいる、と橋田事務長にそう喋ったらしい」

「ふうん。バカな話だな」

微かな溜め息が斎藤の口から漏れる。

「ぼくのことより、あの婦長さんの口癖、なんとかならないんですかね」

「口癖？」

「そう」

「どんな」

「わたしは院長先生に病棟を任せられている総婦長ですよって、何時《いつ》も言うじゃないですか。鼻持ちならないですよ。トラの威を借りてというのは、あんなふうなことをいうんじゃないですか」

「婦長という地位は看護婦の憧れだからな。彼女の気持ちも分からないでもないが」

「嫌みですよ、あの言葉」

「大学病院や日赤病院でかなわなかった夢が、やっとこの病院で実ったのだから、しょうがないだろう。あの通りのトシなんだから」

「いくつなんでしょう」

「七十歳はとうに過ぎているだろうな」

「年齢より随分、若く見えますね」

「若いだろう。声だけ聞いていれば、もっと若い感じがする」

「そんな年齢で病院の婦長をやっているんですか……」

「だめだという法律もないしな」

「こちらの仕事も、少しは理解してほしいこともあるんだけど」

両脇に立ち並ぶビルのガラス窓に弱い光が爆《は》ぜ、歩道を歩く人形のような細い女性の長い髪が金色に光って見えた。

「婦長のいる間は無理だよ。不思議なんだが、彼女には定年がないようなんだ。あれでも昔は美人であったという話だよ」

「定年がないんですか？」

「看護婦たちの話では最近、相当ボケてきているらしい。間違いが多くて困るって。それを指摘すると、翌日から挨拶しても、返事も返してくれないらしい」

「そうなんですか。ちょっと酷《ひど》いですね」

「それでも、ミスター八十万より、相当ましだけどな」

「北村先生のことですか？」

「そう、ちょうど八十らしい」

ドクターの北村は、何時も帽子を被っていた。

「それで、ミスター八十マンですか」と岩見は斎藤の洒落に妙に感心した。

「バカ、違うよ。万円、北村の爺さんの給料が八十万円ってことだ」

「あの先生、そんなに貰っているんですか……、ぼくの給料の六倍も貰っているんですね。凄いなぁ」

矢沢病院のライトバンを先ほど猛スピードで追い越した車が覆面パトカーに捕まっていた。サングラスを頭髪の上に乗せた女性が、制服姿の警察官に食ってかかっているのが見えた。助手席で男がタバコを吹かしている。

「北村先生は確かに、物忘れがひどいようですね。何時も手術帽を被って……専門は外科ですか？」

「頭に毛がないから被ってんだろう。病院で誰も、あの爺さんを医者だと思っている奴はいないぞ」

「……」

「医師免許があるだけで、診療もできない老人に八十万も支払っているんだから世話ないよ」

不機嫌に斎藤がアクセルを踏み込んだ。車が急加速し、後部シートに無造作に置かれていた拘束衣が床に転がり落ちた。柔道着に似た拘束衣は暴れる患者を抑える必需品で、かなりの時代物である。患者の汗と体臭が染み込んでもいた。

「病院は狂っているよ」

「……」

「事務長の橋田が、自分に都合のいいように適当にやっているのが問題よ。医者探しと称しては頻繁に出張するが、その実、探す気はないんだ。全部カラ出張よ。あの女好きの石川だって事務長が探してきたんじゃない。医者の手配師が連れてきた流れ者。うちの病院にくる医者なんて、みなハンパ者だよ」

「石川先生は女好きなんですか」

「男だからな……。それより、お前も覚えていたほうがいいぞ。北村の爺さんは事務長の義兄だからな。うちの病院は姻戚やら血縁やら、そんな関係がやたらと多いから、注意したほうがいいぞ」

「斎藤さんはどうなんですか?」

「俺は大丈夫だ」

フロントガラスから射し込む陽光が、斎藤の顔で揺らめく。その鼻の頭に赤い筋が浮かぶ。彼が卑屈に鼻先で笑いながら言った。彼はまた、院長婦人が所用で出歩くときのお抱え運転手も勤めていたため彼女に取り入り、病院のさまざまな情報を得ていた。

「橋田の姉が北村の妻ということだ。もっとも後妻だけど。北村と先妻の間にできた息子が、あの看護長だよ。お前も知っての通り、あの爺さんは病院近くの医師住宅といわれる一軒家に住んでいるだろう。うちの病院にくる前は、県北の町営診療所の勤務医であったんだが、あの通り患者の診察もできないので、三年前、うちの病院で引き取ったというわけ。うちは、絶えず医者不足の病院だから、渡りに船ということだな。病院としては医師の免許さえあれば、誰であろうと一向にかまわんさ」

　岩見の脳裏に憶病そうな看護長の容姿が浮かぶ。背がひょろ高く、神経質そうに思えた。同僚との付き合いがほとんどなく、あまり酒も飲まないと聞く。彼の唯一の趣味は競馬だという。

「石川先生はどのくらい貰っているんですか?」

「月額で四百万ぐらいじゃないかな。彼の前に勤めていた内科医がそのくらいだったから。老人病棟だけでなく、精神科の患者も担当という話だから、それよりは貰っているかもしれない」

「へぇ!　凄いですね!」

「変な声、出すんじゃないよ」

「すいません」

「びっくりするじゃないか」

「あまり凄いもんで。ドクター一人に四百万の給料を出しても、うちの病院は十分、採算が取れているわけなんですね」

「そういうことだろうな。うちは他の病院と比べて職員の給料が極端に安いからな」

車内の空気が薄くなったような感じがする。岩見はドアガラスを少しだけ開け、タバコに火をつけた。斎藤から病院の実状を聞きながら、彼に洗脳されていくような気がしないわけでもなかった。

遠くの稜線が霞んで見える。山裾に広がる田面が白く泡立っている。若草色の苗の穂先が風に揺れている。空気の流れが瞳に見えるようだ。

水田地帯から杉林を縫って点在する集落の入り口付近にさしかかり、斎藤がライトバンのスピードを緩めた。そして背後から迫る小型トラックに道を譲った。

「ミスターにお手伝いつけているのを知っているか？　給食係という名目らしいが」

「………」

「病院に就職したばかりだもんな、分かるはずないか」

「看護長たちは、北村先生と一緒に暮らしてはいないんですか？」

「それは、無理な話だよ。奴のかみさんが、あの爺さんたちの面倒みるわけがないだろう。ミスターの妻が糖尿病で、ほとんど盲目状態になっているというのにな」

「ミスター八十万も看護長も、糖尿病に気がつかなかったわけですか。糖尿性網膜炎は末期症状でしょう」

「そうらしいな。橋田がミスターを引き取ったのも、そこに理由があるわけだ。俺らにはまったく、迷惑な話だが。院長の奥さんもそれを知って相当に頭にきていた。もっとも、橋田が病院の事務長になってから、うちの病院も儲かるようになったもんで、院長も知らない振りして黙認してるんだと思うよ」

矢沢病院はまったくの「無医村」と同じといえた。明確な治療指針のないまま精神科病棟も老人病棟も荒廃しきっていた。患者たちはただ、膨大な薬を飲まされ、治療というにはあまりにもかけ離れた療養生活を強いられているように思えた。しかも、入院したら最後、患者を待っているのは死亡退院でしかなかった。

2

鎌田吉太郎の屋敷前にライトバンを滑らすように停車した。門構えが大きい。岩見は敷石を踏みしめながら、開け放しの玄関の中へ斎藤の後に従った。斎藤が居間を窺うように玄関から上半身を傾けて叫んだ。

「鎌田さぁん！」

沈黙が彼の図太い声を包む。

岩見が玄関の柱に取り付けてある呼び鈴のスイッチを心もとなく押してみた。忙しげに奥の部屋からスリッパを廊下にこすりつける音がする。エプロン姿の三十半ばの女性が現われた。

「ご苦労さまです」

その女性が、口元に笑みを浮かべて挨拶した。入院依頼の電話をかけて寄越したマミ子である。エプロンの肩紐を外し、「食器を洗っていたもんですから」と弁解をした。

彼女は炊飯に使うしゃもじを手にしていた。

「いるか、爺さんは？」

「それが……」

「逃げたのか」

「そうじゃないのだけど」

マミ子の口調が煮え切らない。

「お爺さんには、あなたがたのくることを知らせてないんです」

「それは、そうだ」

斎藤の語調が自信に満ちている。というよりも幾分、横柄な態度である。患者を捕まえるのは、看護人の誰にも負けないという強い自負心がのぞく。彼は今まで入院患者を迎えにきて、強引と見られることもあったが、患者に逃げられたり、病院のクルマの中に患者を連れ込むのを失敗したことはなかった。

「お爺さん頑固でしょう、前々から通院している耳鼻科に、今日どうしても行くんだと言ってきかないの。わたしの言うことなんか、とてもじゃないけど、聞く耳を持たないのよ」

「仕方がないな」

「あの通りの人だし、頑固なもんだから、言い出せば人の言うことなんて聞かないの。わたしだけではないのよ、誰の言うことにも耳を貸さないから困るの」

均整の取れた体をしているマミ子はそう言うなり、魅力的な口元に再度、笑みを貼り付けた。

「困ったな……」

「くるまで待ちますか?」

岩見の脳裏に不吉な想念が浮かぶ。吉太郎は自分たちのくることを察し、逃げ出したのであろうか。まだ見ぬ老人の姿が、岩見の脳裏にぼんやりと溶け出してきた。

鎌田吉太郎が前回入院した際のカルテの既往歴には「性格的に気性が激しく、飲酒すると酩酊状態のまま問題行動を起こす。時折、失禁もある。飲酒後の暴力行為が数回、反社会的な行動も多い。病状悪化すると被害妄想を抱き、誰彼となく暴力を振るう。特に妻に対して顕著」と書かれてあった。

恐縮ですが
切手を貼っ
てお出しく
ださい

112-0004

東京都文京区
後楽2−23−12
(株) 文芸社
ご愛読者カード係行

書　名		
お買上 書店名	都道府県　　市区郡　　書店	
ふりがな お名前		明治 大正 昭和　年生　歳
ふりがな ご住所	□□□-□□□□	性別 男・女
お電話 番　号	（ブックサービスの際、必要）	ご職業

お買い求めの動機
1. 書店店頭で見て　2. 当社の目録を見て　3. 人にすすめられて
4. 新聞広告、雑誌記事、書評を見て（新聞、雑誌名　　　　）

上の質問に 1. と答えられた方の直接的な動機
1. タイトルにひかれた　2. 著者　3. 目次　4. カバーデザイン　5. 帯　6. その他

ご講読新聞　　　　新聞　ご講読雑誌

文芸社の本をお買い求めいただきありがとうございます。
この愛読者カードは今後の小社出版の企画およびイベント等の資料として役立たせていただきます。

本書についてのご意見、ご感想をお聞かせ下さい。 ① 内容について   ② カバー、タイトル、編集について
今後、出版する上でとりあげてほしいテーマを挙げて下さい。
最近読んでおもしろかった本をお聞かせ下さい。
お客様の研究成果やお考えを出版してみたいというお気持ちはありますか。 ある　　ない　　内容・テーマ（　　　　　）
「ある」場合、弊社の担当者から出版のご案内が必要ですか。 希望する　　希望しない

ご協力ありがとうございました。

〈ブックサービスのご案内〉

当社では、書籍の直接販売を料金着払いの宅急便サービスにて承っております。ご購入希望がございましたら下の欄に書名と冊数をお書きの上ご返送下さい。(送料１回380円)

ご注文書名	冊数	ご注文書名	冊数
	冊		冊
	冊		冊

「すぐ戻ると思いますから、どうぞ上がってください」

斎藤が腹を突き出し、深呼吸をするような仕草をした。太鼓腹を支えている短い脚が小刻みに揺れている。苛立っているように見えた。岩見が腕時計を覗くと、時計の針は午前十時半を過ぎていた。斎藤の熱い視線を感じた。

「その耳鼻科に直接迎えに行ったほうがいいだろう。あんたも一緒にクルマに乗ってほしい。場所も分からないし、自転車で行っているのであれば、その自転車も取りに行かねばならないだろう」

「それはいいんだけど……」マミ子の顔色が曇った。「わたしも忙しくて」

「忙しいのはお互いさまだ。とにかく、そこに行ってみなければ、何もできない」

「うまくクルマに乗せて、病院に運んでくれるんでしょうね」

マミ子は憶病そうな瞳を斎藤に向けた。彼女の表情が、岩見には醜悪に歪んだように見えた。それは、砂地に大事な水をこぼした際に思わず見せる断片的な一コマのような感じであった。

ライトバンの中はマミ子の濃い化粧の臭いで充満している。カーコロンの香りと混じり、岩見の過敏な鼻腔を刺激する。彼は息苦しさを感じ、ドアガラスを少し開けた。

「暴力は何時ごろからですか」

「頑固なものですから、自分の気に食わないことがあれば家族に当たり散らすんですよ。わたしには理由も分かっているんですが」

「何がです？」

「何時もわたしを監視しているんですよ」

「監視？」

「そうですよ。それで気に食わないことがあれば殴るんです」

マミ子の話す言葉が岩見の思考を逆なでる。初対面の時から気になっていた。それに意味もなく口元の筋肉を弛緩させ、薄ら笑いを浮かべるのも気になる。

「旦那さんは知っているんですか。きょうの入院のこと」

「夫は仕事に行きましたけど」

「自分の親が入院するのに仕事に出かけたんですか？」

「自分の親といっても、あの人は……」

「婿殿だからな」と斎藤が口を挟んだ。

岩見は湿った砂袋から醜怪な害虫が這い出してきたような戸惑いを感じた。

「婿殿は何も言わないだろう。大人しい性格だから。爺さんが暴れても、爺さんに手を挙げたりしないだろう」

「そんなことは……」

マミ子が後部座席に腰を沈め、空ろな視線を漂わせた。

「監視とはどういうことです？」

「新しく入った看護人さんですか？」

彼女の声が岩見の耳元で響く。化粧の臭いが粘膜質を刺激した。

「看護人とは違います。ケースワーカーという相談業務を担当しています」

「ケースワーカー？」

「患者や家族の相談に応じてくれる医療相談員だよ。困ったことがあったら、患者や家族の味方になってくれる人間だよ」

斎藤は岩見を無視し、バックミラーに映る彼女の顔を窺いながら説明した。その言葉に皮肉な棘《とげ》を感じた。病棟で看護者が岩見の存在をけむたいものに感じているのが、彼の言葉で推察できた。ただ、その斎藤自身も病棟で浮き上がった存在であった。

「爺さんが前に入院した時にはいなかったが、ケースワーカーというのは家族にとって非常に頼りになるから」

「そうですか、助かります」

「何時ごろからですか、吉太郎さんが暴力的になったのは」

「だから監視しているもんですから、気に食わないことがあれば、何時でもですよ」

「何のために吉太郎さんは、そんなことをするんですか」

岩見は彼女に食い下がった。

「それはちょっと……」

「それを話してもらわなければ」

「誰にでも秘密があるでしょう。絶対、話さなければならないの？　ケースワーカーの仕事って、他人の家のことまで調べる仕事なの？　病気のことと関係ないでしょう？」

「関係ないことはないのです。ドクターが正確な診断を下すため、いろいろな家族背景を知っておくことは必要なことなんです」

「個人のプライバシーに関わることでも？」

「秘密保持の原則というのがありますから、秘密は絶対守ります。できれば話してほしいんですが」

「あなた、お医者さんじゃないんでしょう？　随分と若いようですけど、秘密絶対守れるの？　漏れれば大変なことになるのよ。あなた、責任持てるの？」

「ぼくのできる範囲で努力するつもりです。話してもらえませんか」

「しつこいわね、あなたも。わたしの心を覗いているみたいね」

「………」

ライトバンはかなりの速度で走っているように感じる。道路が狭く、外の景色が視界から素早く遠のく。

「ここでの話しも漏れないでしょうね」

「どうしてですか？」と岩見は不思議に感じ、性急に聞き返した。

「近所の人と話をしていると、お爺さんは決まって怒るんですすよ。近所の人とお爺さんが通じていると思うの。ずっと前から。わたしの大事な秘密が近所の主婦に漏れることがあるんですよ」

「大事な秘密ですか……」

「そうよ、きっと盗聴器か何か、部屋の中に隠してわたしたちの寝室も覗いているんだわ」

岩見は彼女の言葉を絵空事のような気持ちで聞いていた。彼女の言動は曖昧模糊としている。吉太郎の症状に色ボケもあるのだろうか。岩見の頭は混乱していた。吉太郎の「病像」が、以前入院していた当時と非常に異なっているように思えた。

「婆さん、死んだのか」

「ええ、脳卒中にアタッテしまって。前はお婆ちゃんを叩いたりしたんだけど、お婆ちゃんが死んでからは、わたしを理由もなしに怒るんです」

「この前、爺さんを入院させる時は確か、病院まで付き添ってきてもらったのにな」

「そうです。わたしと二人で」

岩見は二人の会話を聞きながら左手でドアのノブを回した。クルマに巻き込まれた外気が、彼の長めの頭髪を吹き撫でた。

「あの信号機を右に曲がってください。すぐ、耳鼻科の看板が見えるはずですから」

マミ子が急に思い出したように言った。斎藤が慌ててハンドルを右側に切った。岩見の膝から拘束衣が足元に転がった。彼女が同乗した時に、後部座席から岩見が自分の膝に移していた。

白塗りの壁の耳鼻科医院が見えた。駐車場の傍らに、この北国の地方都市ではあまり見かけない桐の木が聳《そび》えている。斎藤がクルマを目立たないように、その樹木の下の方に横付けした。

「あの自転車、お爺さんが乗ってきたものだわ」

荷台が大きい茶褐色に錆付いた自転車が医院の玄関横に停めてある。岩見はその彼女の声を聞き、思わず胸を撫で下ろした。吉太郎が本当に耳鼻科にきているものか半信半疑であった。

ライトバンから降りると、彼女はその自転車の脇を通って玄関のドアを開けた。待合室の方をそうっと覗いている。岩見は彼女の動向を見守る。吉太郎は自宅からここまで距離的にはさほど遠くはないが、良く迷わずにきたものだ。

吉太郎には痴呆症特有の「自分は今、どこにいるのだろうか」というような見当識障害はないのだろうか。岩見は多少、腑に落ちない気持ちを感じた。

「どうだい、いるか？」

マミ子の背後から斎藤が声をかけた。彼の頭髪にはかなり白いものが混じって光って見える。彼女が振り返り、首を縦に振る。瞳が落ち着かない。車に乗っていた時よりも顔が蒼白い。桐の枝に青々とした葉が暗褐色に茂り、その葉が風に揺れながら建物の窓枠を刷《は》いている。

「後はお願いしていいですか。おたくの病院にはきっと行きますから……」

「一緒ではないのですか」

「それは無理だろう、この場にいるのは」

斎藤が彼女の言葉に理解を示し、岩見の言葉を遮った。

「どうしてです？」

「当たり前だろう」

「なぜですか」

「お前にはわからないだろうが、そういうもんなんだよ」

斎藤が焦れったいという口調で、岩見を恫喝した。

「きっと後で病院にうかがいますから」

不安げな顔をした彼女が二人を気忙《きぜわ》しげに見比べている。

「先生に病状を話してもらわねばならないし、入院が決まれば、その手続きがあります。必ずきてください」

「先生が何か聞くの？」

「それは当然でしょう。ドクターが診断しなければ、入院は決まらないわけですから」

「婦長さんが決めてくれるんでしょう？　前は婦長さんでしたよ」

彼女が上目遣いに意外そうな顔をした。

「婦長は看護の責任者です。彼女も話があるかもしれませんが、ドクターが診察し、診断を下すわけですから」

「入院できないなんてことにはならないでしょうね」

「早く、入院のしたくをしたほうがいい」

「斎藤さん、何を言うんですか」

岩見が声を絞り出して彼に反撥した。まだ診察もしてない人間を頭から入院と決め付けることに底知れぬ不安を感じた。

「先生の診察、まだなんですよ」

「何、格好つけてんだ。経験不足なんだよ、お前は」

「だからといって、先生の診察前に入院を決め付けるのは承服できないですよ」

「先生っていたって、あの石川だぞ……。ここでお前と言い争っている場合じゃない。あの爺さんを病院まで運ぶのが俺たちの仕事なんだからな」

岩見を睨みながら斎藤が言い放った。鼻息が荒く、顔が険悪である。患者を迎えにきて、斎藤はこれまで自分のとった行動に注文をつけられたのは初めてのことで、正直いって面食らっていた。

岩見は斎藤の言動に不安を感じ、生理的な嫌悪感も感じた。斎藤の瞳から獰猛《どうもう》な光が生じている。岩見は自分の顔が自然と強張るのが分かった。

マミ子の大きく見開かれた瞳が揺れ、不安を抱いて二人の顔を見比べている。二人の対立を目の当たりにし、懸命に言葉を探していた。それと、この場から一刻も早く立ち去りたいようにも見て取れた。

「早く家に帰って、入院の準備をしたほうがいい」と斎藤がきつい声で彼女を促した。

脱色したデニム地のスカートを翻し、彼女は自転車のペダルに素早く足をかけた。二人に頭を下げ、節目がちにペダルを踏み込む。茶褐色の自転車の軋《きし》む音が耳鼻科医院の駐車場から次第に遠のく。柔らかそうな頭髪をなびかせた彼女の姿が街角から消えた。

精神の病気になったときの親子の繋がりとは所詮こんなものかと思い、岩見は唖然とした。人間は果たしてこんなにも身勝手な生き物であったのかと疑問を感じた。

「お前、名刺持っているだろう」

斎藤が何事もなかったような顔をし、自分のカッターシャツの袖のボタンをはめながら岩見に尋ねた。

「名刺、どうするんですか？」

「お前は黙って見ていればいいよ」

「人から物を借りるのに、そんな言い方はないでしょう」

「理屈っぽい奴だな」

「………」

斎藤に名刺をぶっきらぼうに手渡した。岩見の名刺には病院名、診療科目、住所、電話番号、それと彼の名前の上に小さい字で「精神医学ソーシャルワーカー」の略称である「ＰＳＷ」と印刷されていた。

この名刺を作る時、事務室で矢沢次長にそれは何の略なのかと聞かれ、大学で習った講義の受け売りでごまかした。今なら矢沢病院の実状に合う説明をする。

経営者で院長の矢沢は元々、内科医であった。国内では昭和四十年代、「精神科は儲かる」という神話から雨後のタケノコのように各地で精神病院が誕生した。

矢沢もその口であった。病院経営の動機が「儲け」にあったから、この病院は患者本位の治療という医療理念が欠如していることは言うまでもない。

病院にたまに顔を見せる院長は「精神病院は収容所と同じ。精神病は不治の病」と豪語して憚《はばか》らない。

「精神患者に検査、投薬するのは病院を正常運営するために必要なこと」

それが矢沢の口癖で、彼にとって患者はただ金を運んでくる商品でしかなかった……。

3

玄関から伸びた耳鼻科医院の廊下は矢沢病院と異なり、床が陶器のようにつややかに光る。明るい廊下の天井は高く、待合室の四方の壁には診療上の注意事項や医師会からの通知などが貼ってある。正面の壁にかけてある油彩タッチの抽象画が岩見の眼に留まった。額縁の方がその油彩画より目立つくらいだ。

数人の通院患者が長イスに座って自分の番を待っている。乳児を抱いた若い主婦や事務服姿の女性に混じって二人の老人が診察の順番を待っている。そのうちの一人が鎌田吉太郎であろう。

岩見が斎藤に視線を移すと、彼は「そいつだ」と目配せした。顎の長い吉太郎が上着の懐からパイプを取り出し、タバコをそれに詰め、火を点けた。頬を窪ませ、大きく吸い込んでは煙を吐き出す。恍惚とした表情である。彼の顔を凝視し、やはり娘のマミ子とどことなく似ていると思えた。

中年の看護婦が、消毒液の臭いをまといながら診察室から廊下に出てきた。斎藤が彼女を手招きし、岩見の名刺を出して屋外に誘った。看護婦は一瞬驚き、困惑な表情を浮かべながらも彼らに従い、玄関を出てきた。

「鎌田吉太郎さんのことで、相談がありまして」

斎藤が桐の樹影を受けながら、間合いを計ったように振り向き、不可解な面持ちでいる看護婦に説明した。

「本人があそこにいますと、我々も非常に話しにくいため、ここまでご足労をおかけしたようなしだいです」

「あの人、どうかしたんですか？」

彼女は警戒する顔つきで、岩見の名刺を見つめている。

「あなたがたは精神病院の職員ですか？　ご用は何でしょうか」

「率直に、お伺いします。鎌田さんの耳の具合はどんなものなんですか？」

「それは先生でなければ……」

「そうですか、実はですね」と斎藤が軽くごま塩頭を掻《か》き、口火を切った。「鎌田さんのことで、保健所からうちの病院に連絡がありましてね。精神的に不安定で、家族が困っているから入院させてもらえないかと依頼がありまして……」

「本当にあの人で、間違いないんですか？」

「間違いありません。先ほどまで娘さんもいたけど、何しろ娘さんを見ると、わけもなく叩くらしい。それで彼女にひとまず自宅に帰ってもらったわけです」

「そんなに凶暴なんですか。私どもの医院には随分前からきていますけど。そんなおかしな態度は全然、見受けられなかったわよ。とてもそんな風には……」

「精神病というのは、はた目から良く分からないものなんですよ」と斎藤が冷徹な瞳を看護婦に据えて言った。

「以前、うちの病院に入院したことがあるから、鎌田さんのことは良く分かるが」

「おたくの病院にですか？」

看護婦の白衣の袖から伸びた白い腕が小刻みに震えている。彼女の心の動きが頬骨の動きで知れた。

「狂っているようには見えないでしょうが、あれで物凄く狂暴なんです。そのようには見えないでしょう。家族も手がつけられないから、保健所などにお願いしたんだと思いますよ」

斎藤が絵の具をない交ぜにしたように虚実織り交ぜて彼女を説得する姿は、樹液を吸いこむ得体の知れない害虫のようだ。彼女の顔つきが次第に強《こわ》ばるのが見て取れた。岩見は傍らに佇み、底知れぬ不安を感じた。

この場から、マミ子が逃げるように消えたのは自発的である。岩見は再び、斎藤に反撥したい衝動を感じ、それを胸の底に必死に抑えた。

「耳の調子が悪いと訴えますけど、それほどではないんです。だけど、調子がいいというわけでもありません。要するに年老いてくれば、誰もが難聴になるんだけど、鎌田さんの場合も、それなんです」

「本人に病識がないから、家族は本当に困っていると思いますよ」

「病識？」と彼女が驚きの声を上げた。

「精神病は特殊ですから、本人が狂っていても自分は正常だと思い込んでいる。だから、なかなか入院したがらない。もっとも精神病院に入院するのは誰もが嫌がるけどね」

「大変な仕事ですね」

「それはお互いさまでしょう。生死を扱う医療機関に勤める者の宿命みたいなものじゃないですか。それで、あなたに力になってもらいたくて」

「……」

看護婦の瞳の奥に不安の種火が宿っているのが、険しい顔付きで知れた。

岩見は斎藤の口から「病識」などという言葉が飛び出すとは想像もできなかった。精神分裂病などの人格が荒廃した状態であるなら病識が欠如することもある。しかし、現在の精神医療の世界では、精神病に罹患《りかん》している人々が精神科の外来に通院することは何も珍しいことではない。

街には精神科クリニックが氾濫し、精神病者が一様に病識が欠如していると考えられたのは一昔前のことである。現在の精神医学では迷信に等しい。それでいて今日の精神医療はまだ、精神医学の古い殻に閉じこもっていた。

「あなたを絶対的に信頼しているはずです。恐がる必要はありませんよ」

「だって狂っているんでしょう？　何をするか分からないし……」

「気軽に話しかけて、このライトバンに乗るように勧めてほしいんですよ。できれば、おたくの先生からでも口添えしてもらえれば、助かるけどね」

「急に暴れないかしら？　恐いわ」

看護婦の眉間に険悪な皺が刻まれ、被害者のような表情を見せた。

「そんなこと絶対ないから。あなたであれば大丈夫。あのように耳の治療に熱心に通院してきているんだから。ただ、我々を精神病院の職員だと、絶対に話さないように注意してください」

岩見の相棒は「絶対に」と語調を強め、彼女の恐怖感を煽《あお》った。

「あくまでも軽い感じで、耳の調子が悪いのは神経のせいだから、大きな病院で検査が必要とでも話してください。あなたの言うことなら聞きますから」

「どこの病院に行くんだ、と聞かれたら？」

「日赤病院とか、大学病院とでも喋ってくれれば、後でうまくごまかすから。絶対にうちの病院や精神病院という言葉を口にしないでください」

斎藤は自信のないような態度をしている看護婦に念を押した。

岩見は正直いって、相棒の話術に感心していた。その反面、身体全体が凍るような肌寒さも感じる。医療に従事している看護婦でさえ、精神病と聞いただけでこれまで接触していた人間を一瞬にして疑い、相手の言葉に呑み込まれてしまう。［狂気］や［凶暴］という言葉は人間の理性を失わせる魔術的な響きがあるように思える。

精神病者は何時の時代も社会からスケープゴートにされてきた。歴史は常にそのような存在を生んできたし、彼らは何時も社会から偏見の目に晒《さら》され、被差別側に位置づけられてきた。精神病者の受難は、［狂人］とカッコで括られ、自然発生的に家族の手によって座敷牢に監禁され、隔離されたことから始まる。現在でも精神病者は、旧態依然とした精神病院で世間から隔絶され、入院生活を余儀なくされている。

精神病関連の法律が整備されたとはいえ、自然発生的な座敷牢から今日の精神病院までの歴史的な連続性で、本質が変化したわけではない。精神障害者を取り巻く社会全般の思潮《しちょう》は現在でも、社会から隔離収容という形で続いてきている。

病者を精神病院へ隔離することは、今でも本人の意思に無関係に、しかも合法的に強制できる。精神病者監護法と精神病院法を単純に合体した「精神衛生法」によって。昭和二十五年に制定されたこの法律で、強制的に「鉄格子と鍵」のかかった閉鎖病棟に収容することができるのだ。

耳鼻科医院の玄関先から先ほどの看護婦の姿が見えた。彼女の背後で、大柄な鎌田吉太郎が満面に笑みを浮かべている。茶色にくすんだ上着に浅紺のズボン姿。吉太郎は信じて疑わないという表情で、ゆっくりと歩いてくる。岩見はやや拍子抜けした。斎藤の策略があまりにも簡単に功を奏したからである。

「鎌田さん、お大事にネ。うちの先生から日赤病院の方に、電話してくれるそうだからネェ」

中年の看護婦が途中で立ち止まり、平気な顔で鎌田を騙《だま》した。

「ありがとう……」

吉太郎が笑顔で彼女を振り返る。その拍子にサンダルをひっかけそこねて少しよろめいた。

「それじゃ日赤での検査、鎌田さんをお願いします」

「わかりました。本当にありがとう」

この都市の日赤病院に精神科はなかった。彼女は吉太郎を安心させるため、日赤病院の名前を使ったのだろう。斎藤の入れ知恵があったにしても。岩見は、吉太郎が矢沢病院に入院させられることが分かった時の心境を思い遣った。

彼はどんな態度に出るのであろうか。仮に吉太郎を病院に到着するまで騙し通せたとしても、病院に着けば、そこがどんなところであるかは見当識障害のない吉太郎には分かる筈である。

病院の玄関先で暴れ出せば、間違いなく看護人に抑えつけられる。鎮静剤の注射を打たれ、必要もないのに拘束衣に縛られ、閉鎖病棟より更に奥深い、患者から「奥の院」と恐れられている、うす汚い檻のような保護室に監禁されるのが目に見える。しかも、必要もないのに何日も監禁されるのだ。

そんな吉太郎の惨めな姿が浮かんですぐ消えた。矢沢病院の場合、保護室に収容するのは治療的な意味では決してない。治療より懲罰の意味合いが強かった。岩見は、できるならこの場で自分たちのしていることを吉太郎に見抜いてほしいと願った。

根拠のない理想を考えても、結局は吉太郎に［狂人］というレッテルを冠し、自分は組織の中で自分の生活のため仕事をしているのだという否応もない現実を岩見は自覚した。彼は非常な胸苦しさを覚えながら、鎌田から顔を背けた。

ライトバンの上に桐の葉が落ちていた。落葉の季節ではない。繁茂する桐の枝振りを見上げると、紺碧の空に刷毛で白いペンキを掃いたような薄い雲が、ゆったりと流れている。岩見はその病葉を拾うためボンネットに腕を伸ばした。

4

鎌田吉太郎は初めて矢沢病院に入院した当時、農業に従事するかたわら「吉右衛門土地改良区」理事長の職務に就いていたが、入院したことで理事長を辞任し、娘婿に理事長職を委譲した。この土地改良区の名前は、彼の先祖の名前から取ったもので、この地域の開拓や農地造成、灌漑などを手がけたのが吉太郎の先祖であった。

若い時分から大酒飲みの吉太郎が矢沢病院に入院した原因は、飲酒癖による。彼の家の前を流れている小川で、彼の不注意によって孫が転落死した。確かにこの事故を契機に彼の酒量が増えたらしい。それだけではない。彼を人知れず悩ませているのは、娘のマミ子が得体の知れない新興宗教にのめり込んだことである。

飲酒しては家族に当り散らす。妻やマミ子を酒を飲んでは殴った。娘婿はオロオロするばかりである。マミ子の入信後、吉太郎と娘夫妻の対立が目立つようになったという。彼は朝から酒浸りで、酒が体から切れると、手指が震えるほどになっていた。

「あそこは、内科とアル中の両方から診てもらえるはず」

マミ子の相談を受けた保健所の保健婦がこともなく、矢沢病院を「いい病院だから」と紹介した。

吉太郎が保健婦の紹介を信じ矢沢病院の内科病棟に入院したのが、六、七年前である。我がままで、こらえ性のない吉太郎は入院して十数日で、病室で飲酒したのである。彼には飲酒した身勝手な理由があった。

内科に入院してもただ投薬だけの治療で、医師の問診も診察もなかった。それでいて検査だけは多かった。これでは入院していても無駄と自分で判断し、彼は強く退院の要求をしたのである。病院側は当然のごとく、彼の要求を突っぱねた。それで彼はふて腐れ、悪いことは知りながら好きな酒を口にしたのである。

精神科に転棟される口実を吉太郎は自ら作ったことになる。屈強な看護人らに彼は両脇を抱えられ、暗く、陰湿な閉鎖病棟に放り込まれた。屈辱が全身を貫く。彼の生涯でも忘れることができない恥辱といえた。

窓に鉄格子がはめ込まれた各病室が並ぶ閉鎖病棟は、彼の知らない世界であった。そこに棲む患者たちは運動不足なのか、絶えず騒々しく歩き回っている。白濁した空気は淀み、絶えず悪臭が漂い、そこに生きている患者はまさに醜怪な生き物としか言いようがないと思った。

皺だらけの少女が、突然奇声を上げて卒倒する。少女が床に崩れた弾みで、長テーブルの上の耐熱性コップやアルミの灰皿が勢いよく弾んで床に落ちた。少女の口唇は紫色に変色し、顔色は真っ青である。強度の癲癇を目の前にし、吉太郎の顔も蒼白に変わった。

少女の年齢は四十前後と後で分かったが、童顔に見えた彼女は紙と食べ物の識別もできないほどの重度の精神薄弱者だった。普段はデールームの隅に置いてある卓球台の脚に犬のように繋《つな》がれ、紐をほどくと奇声を発し、部屋内を動き回った。

吉太郎はその後、何度も彼女の癲癇発作と接し、自分でも不思議なくらい癲癇に慣れた。彼女だけではなく、病棟には多くの癲癇患者が生活していたからだ。

吉太郎が放り込まれた病室は八人部屋で、黄色い蛍光灯の光が室内をぼんやりと照らし、壁の亀裂や黒ずんだ染みが、その薄暗い光で浮き上がる。病室は吉太郎が了解できない言動や行動をとる不可解な患者の棲家であった。長期間拘禁され、灰色な空気を吸って半永久的な時間に堪えて生きているように見えた。

重く湿った空気を吸い込み、吉太郎は泥沼に転んだ幼児のように哭《な》きたい衝動を懸命に抑えた。絶望的な気持ちに沈んでいくのが、自分でも分かった。看護人に指示された場所に彼は力なくへたり込んだ。周囲の患者の好奇な視線が気になる。無関心を装いながら患者たちは、吉太郎を値踏みしていた。

「五日振りに、やっとクソが出たよ。便秘になるのは薬のせいだな」

目尻の下に大きなホクロのある茂木が病室の中に入ってくるなり、晴れ晴れとした顔で言った。

「おや、見たことのない顔だな。年老いた新入りか」

ホクロの患者は鎌田の隣に座り込んでから、初めて吉太郎の存在に気付いたような口振りである。茂木の悩みは毎日の便秘とホクロから伸びた黒々とした毛であった。特に宿便は日常生活の最大の関心ごとで、この日は排便できたことで有頂天になっていた。

「この病院の内科にいたんだが、ここに急に移されてしまった」

吉太郎は内科病室で飲酒したことを隠して応じた。

「じゃ、この酒井さんと同じじゃないか」

「そうですか……よろしく」と吉太郎は茂木が顎をしゃくった方に顔を向け、自分より年配に見える老人に会釈した。

「酒井銀之助です。こちらこそよろしく」

「……」

吉太郎は再度目礼した。酒井は畳んだ布団に寄りかかり、吉太郎が入室してからも伏し目がちに読書していた。視線が合う。酒井は顔中斑点だらけである。

「養老院の先生に騙されて、こんな所まできてしまった」

「……」

「実は俺もある内科病院に入院していたんだが、眠れなくてね。この病院が不眠を治してくれるというので、転院してきたんだ」と茂木が口を挟んだ。

「ちょっと、耳が遠いもんで……」

「俺も内科からきたんだ」

「そうですか」

吉太郎は自分と同じ境遇の者がこの病室にいるのに安堵した。

「お前は違うだろう。夜中に電波が聞こえてきたから、この病院に入院させられたんだろう」

酒井が茂木の説明を否定した。吉太郎は酒井の話しぶりに好感を持った。

「そうなんだ、わけの分からない電波が夜中に聞こえてくるもんだから、あの病院で暴れてしまってよ」

「夜中に電話が聞こえる？」

「電話じゃない、電波！」

心根の優しい茂木が鎌田の耳元に口唇を近づけ、大声で叫ぶ。鎌田は理解できないまま首を縦に振って肯《うなず》いた。

「ああ、電波ね。今はその電話は聞こえないのか」

「電話じゃない、電波だというの」

「ハッハッハッ」

酒井が平気な顔で茂木の恥部を逆なでするような調子で突然、哄笑した。年老いてはいるが、彼はかくしゃくとしていた。

「電波も電話も、同じようなものだろう」

「いや、違うよ。全然違う。よく眠れるようになったから聞こえなくなったんだ。昨夜はハンディカメラから電波も流れてこなかったからな」

「………」

カメラという言葉は理解できたが、その前の言葉が鎌田の耳ではキャッチすることができなかった。カメラがどうかしたのかと彼は脳裏で反芻《はんすう》してみた。茂木の話しぶりから、自分と彼とでは病気が違うと直感した。

茂木は矢沢病院に転院する前、体調を崩して市内の内科病院に入院した。三ヵ月前である。その直後、彼は「電波が聞こえる」と病室で騒ぎ出し、強制的にこの病院に入院させられたのである。吉太郎と同室になったころは、彼は便秘で苦しんでいた。日常生活を見る限りでは、素人目にも精神症状は大分落ち着いているように見えた。ただ、吉太郎にとっては了解不能なことも数多くあったが。

茂木の［電波体験］とは、こういうことである。夜間になると、決まってハンディカメラという小型のカメラから聞き取りにくい電波が響いてくるという。時には音の状態が大変良くて、短波ラジオのようにも聞こえてくることがあった。

例えば「ジュウゾウ」という、彼の記憶にない見知らぬ人間の声が突然聞こえてくる。その声が厳かな神のような神秘さで命令するという。その命令とは、彼が入院した内科病院の菊田耀子という看護婦と結婚しなければ容赦しないと命令を発するらしい。それと同時に、時間差でその指令に反対する電波も流れてきた。電波の主流はジュウゾウからの声が圧倒的に強いという。

ジュウゾウが言うには、「菊田は妊娠五ヶ月だから、結婚しなければならない。だから、お前は断食しなければならない。命令に従わねば、石投げの刑に処す」などと、脅迫めいた声が電波に乗って、茂木の心をズタズタに切り裂くというのだ。

茂木は三年前に妻と離婚していた。映画館の映写技師時代に彼は結婚したが、二年後には妻の浮気を目撃し、そのショックで妻と離婚したという。

「頭が痛く、その日は熱もあったので早く自宅に帰ったら、うちの奴と知らない男が夢中になってセックスしていたのさ。偶然目撃したというより、時間の問題だったんだろうな。彼女は俺と結婚する前から、その男と関係があったようなんだ。相手もびっくりしたろうが、俺の方はもっと驚いたよ」

何のてらいもなく、茂木は軽やかに自分の心の襞《ひだ》に埋めた暗い過去を吉太郎に打ち明けた。吉太郎が彼とこんなやり取りができるようになったのは、同室になって数ヶ月が経った後である。互いに相手の恥部に触れても気にならない関係になっていた。しかし、吉太郎はさすがにこの告白には言葉を呑み込んだ。

「何もかもアホらしく思えてきて、飲めなかった日本酒に溺れるようになってしまった。酒は女みたいにウソはつかないしな」

「わしと同じように肝臓を悪くして入院したんだから、その代償は高くついたじゃないのか」

「そうだな……。こんな所まで落ちてしまったしな」

色白な茂木が自虐的に言葉を吐いた。彼の落ち窪んだ眼窩《がんか》に目やにが溜まっている。淡黄色のカジュアルシャツの裾がズボンからはみ出ていた。顔のホクロが物悲しい。

「両親、生きているんだろう?」

「行き来はないけど、死んだという話は聞いてない」

「どんな性格だったんだ、あんたの親父は。わしと同じぐらいの年齢だろう」

「同じくらいかな……」

茂木は面倒くさそうに生返事をした。彼は組んでいたあぐらを崩し、重ねた寝具に寄りかかりながら宙を見詰めた。

「地味で大人しい性格だったんじゃないかな。俺も別れた妻に良く言われたもの。だけど親父は酒を飲むと、普段呼ぶこともない母親の名前を良く呼んだような気がする」

彼の父親は征蔵《せいぞう》という。田舎で良く見かける普通の親父である。妻や子供には非常に厳しい人であったらしい。

「名前、なんていうんだい」

「征蔵」

「いや、母親だよ」

「母ちゃんか、カタカナでハナ」

「ハナさんか。わしの連れは八重桜の八重だよ」

「そうですか」

「ハナと八重か……」

　吉太郎は独り言のように呟き、妙な閃きを覚えた。

「お前の知らないジュウゾウという男の連れの名前、ハナコというんでなかったかい。随分、似通った名前じゃないか」

「そういえば、そうだな」

　茂木の両親と電波体験の名前が、あまりにも似ていると吉太郎には思えた。ジュウゾウとは、彼の父親の分身のような存在ではないだろうか。彼はカラカラに乾いた唇をなめ回し、弱々しく立ち上がった。

「のどが渇いてしょうがない。赤い錠剤を飲むと、のどが渇くんだ」

「ここを退院したら一度、実家に帰った方が良くないかい」

　吉太郎が、病室を出て行く茂木の背中に声をかけた。

　矢沢病院の患者の多くは家族から見放され、病院側もそれを知っていたから患者を固定資産と見なしていた。患者は病棟に沈殿し、半永久的に入院日数を重ねた。吉太郎は丸一年間、入院生活を余儀なくされ、やっとのことで退院した。面会にきた妻の八重が彼の真剣な訴えを聞き入れ、彼女が何日も矢沢病院にバス通いをして病院側に懇願し、婦長を説得したのである。

　吉太郎にとって矢沢病院での生活は、何もかもが初めての体験であった。ここでの入院では治療面も入院設備も県内で最低であったが、この病院で様々な人間と知り合い、彼は今までの人生では味わうことができないような濃密な人間関係を知り得た。閉鎖病棟での恥辱にまみれた苦しい思いは決して忘れることができないと思っていたが、時間が経つに連れて自分の脳裏の中から風化して行くのが分かった。

それでも数多い入院患者の中で、吉太郎は自分より高齢だった酒井銀之助だけは忘れることができない。畏敬する酒井と約束したことだけは退院後も彼の心の片隅で生き続けていた。

「養老院の先生に騙された」

誰にもこのように話すのが、酒井の口癖である。

彼の詳しい生い立ちは知らないが、盛岡市の大きな卸問屋に生まれたらしい。青年時代、酒井はバイオリン奏者として主に東北地方で音楽活動をしていたという。吉太郎は酒井の口から直接そう聞いたことがあった。

若い時分はカルモチン自殺を図り、生死の境をさまよった経験があったらしい。さいわいなことに家族に発見され、自殺未遂に終わり事なきを得た。自殺の原因はバイオリンの師匠の妻と肉体関係を持ったことにある。彼の人生はその自殺未遂でストップした。その後の生活は余生と同じで、大空を流れる雲のように飄々《ひょうひょう》と生きてきた。

吉太郎は自分より高齢である根無し草のような酒井の人生が、いかにも哀れであると感じた。

酒井も吉太郎と同様、この病院の内科病棟から鉄格子と鍵に象徴される精神科の閉鎖病棟へ強制的に転棟させられたのである。酒井の場合、内科に入院して四ヵ月目が過ぎたころで、病院側が自分を退院させる気がないことに気付き、無断で老人ホームに戻ったからである。

病院側は酒井の問題行動を「精神症状が発症した」と老人ホームに説明し、閉鎖病棟に収容したのである。吉太郎が閉鎖病棟に放り込まれた時、酒井は閉鎖病棟に収容され、丸二年も経っていた。矢沢病院の婦長よりも年上で、今年で七十七歳になるという。

「それ、病院の薬と違うんじゃないか」

吉太郎は彼と同室になった当時、奇怪な光景に接し、見慣れない薬を飲み込む彼に尋ねた。看護人が渡す薬のほかに、酒井は枕元の小瓶から丸薬を取り出し、飲み込んだからである。彼の枕元には常に「易」の冊子が置いてある。

「この薬か、これは精力剤だよ」

「変なものを飲んでいるんだな。だけどそれ、看護人に見つかれば没収されるんじゃないの？」

「病院から許可をもらったから大丈夫。駅前の薬局から取り寄せた高価なものだよ」

「効くのかい？」

「さぁ、どうかな。長年続けているから。気休めみたいなものだ。今でも朝立ちするけどな」

酒井は斑点だらけの顔面を崩して笑顔を見せた。彼の異常とも思える男性力の誇示を吉太郎は見逃しはしなかった。この老人は自分とは異なり、狂っている。自分より高齢であり、年甲斐もなく精力剤を飲む彼の神経は尋常ではない。酒井がどう弁解しようが、精神科に入院しているのだからそれは当然のことのような気がした。

普段、酒井の口癖も彼の被害妄想によるものと思ってもみたが、吉太郎自身のことを考えると決してそうとも思えず、注意深く彼の行動を注視していた。酒井と生活してみて吉太郎はまったく自分が誤解していることに気付いた。彼の口癖は正しいように思える。

吉太郎が退院する前日、自分の布団で寝そべっていると、風呂敷包みを持った酒井がそうっと枕元に寄ってきて包みから黄ばんだ手紙を取り出した。

「自宅に帰ったら、これを黙って郵便ポストに出してくれ。一生のお願いだ」

酒井は吉太郎の顔をじっと見ながら首を鶴のように長くし、懇願した。

「養老院あての手紙か？」

「違う」と彼は即座に長い首を振った。

手紙は開封した状態である。病院では患者が郵便物を出す場合、看護者に開封して出さねばならない。その癖で封印するのを忘れたものだろうか。

「それ、読んでもいいよ」

「………」

暫く失礼致しております……から始まる手紙は彼の古い友人のようである。

……何分にも養老院と病院側がグルになって、わたしをなかなか退院させないのです。わたしは至って健康で、どこも悪いところは御座ひません。退院を再三、願っているのですが、あきれた病院です。

わたしは検察庁と法務局へ手紙を出しております。ここの病院長と婦長を告訴しておりますが、まだ検察庁から、何らの音沙汰がありません。あるいは検察庁には届いてないのかもしれません。

それで貴下からわたしの親族だといふて、養老院に手紙を出して貰えませんか。養老院の正式な名前は、白寿荘老人ホームですから。住所は電話帳を見れば分かります。それを見て書ひて下さい。松橋恭介といふのが園長です。

園長の松橋様あてに、貴下名義で出して下さい。「何かと酒井に相談したいことがあるのだが、入院していて面会出来ないから、早く退院させて貰えないか」といふ意味で書ひて下さい。御願ひします。

手紙の中に葉書を一葉入れてありますから、わたしのところに例の件は、先方に通知したと書ひて寄越して下さい。御願ひします。貴町の高橋町長さんが亡くなったようですな。一日も早く退院して例の温泉で会ひませふ。合掌。

矢沢病院に限らず、日本の多くの精神病院は、患者の病状や治療上の理由をたてに「通信の秘密」を守っていないのが実状である。日本精神神経学会が昭和五十年五月の総会で、「通信及び面会の自由に関する決議」を圧倒的多数で裁決したのであったが……。

その総会が開かれた後、十数年経った今日では、各精神病院も年々、憲法で保障している通信の自由を認める傾向にある。岩見が知っている県内の病院の多くも患者に金銭を自由に持たせたり、閉鎖病棟に公衆電話を設置したりしている。徐々にではあるが、病院改革の動きも出てきていた。

特に最近の病院改革の潮流は、閉鎖病棟から鍵と鉄格子を撤去する病院の増加である。国内全体で約七割を占めるのが私立精神病院だという。その私立病院の閉鎖病棟の開放化は、ある面では画期的なことで、着実に地殻変動を起こしていた。

通信や面会の自由を許していない矢沢病院は患者が病院に不都合な手紙を書くと、手紙を検閲する婦長に破棄されると聞く。目の前の酒井が真剣な顔つきで懇願する態度に接し、吉太郎は患者同士のそのような噂が本当のような気がした。

酒井の手紙の多くは確かにごみ箱に捨てられていた。病棟の雑役をする患者が婦長のごみ箱から見つけ、彼にこっそり耳打ちしていた。それだから、患者は正規のルートを通さないで外部と通信した。外泊者や退院する者に手紙を託すという方法で。そんな手段で出す手紙を患者たちは「ハトを飛ばす」と呼んでいた。

鎌田吉太郎は酒井から預かった黄ばんだ手紙を看護者の目を盗むため、自分の汚物が付着した下着の中に見つからないように隠した。病院の検査は執拗である。万が一にも手紙が病院側に発見されると、酒井の夢が打ち砕かれるだけでなく、やっとかなった自分の退院も裏返る。

彼は当日の退院時、病院側の私物検査に慎重にしかも入念にことを運び、額に脂汗をかきながら、看護者による厳しい検査を見事パスした。吉太郎は病院の玄関を出た時、自由の空気を存分に吸い込み、小躍りしたい気持ちを必死に抑えたのを覚えている。

病院の決められた時間内での入浴は味気なく、吉太郎は退院したら自分の家の浴槽にのんびり浸りたいと決めていた。自宅に帰り、彼は風呂場に直行した。その間に事件が起きたのである。

彼が風呂から上がると、気になっていた酒井の手紙を隠した風呂敷き包みを探した。自分の汚れ物を入れた風呂敷が見当たらないので、マミ子に聞いた。

「臭かったので庭の焼却器で全部燃やしたわよ」

臭いに敏感な彼女が悠然と答えた。

「お前……」

妻の制止もきかず、彼は唖然とした気持ちで娘の頬を殴りつけていた。目尻からこぼれる赤い涙を手の甲で擦りながら、悔やんでも悔やみきれないものを感じた。

「お爺ちゃん、病院に入院しても何も直ってないじゃないの！」とマミ子がヒステリックに叫んだ。

彼女を殴ったところで後の祭りであった。酒井が熱望した「ハト」は、結局飛ばなかったのである。

5

ライトバンに鎌田吉太郎が乗り込み、斎藤がアクセルを踏む。クルマは急発進し、耳鼻科医院を後にした。

数分後、吉太郎が車内の重苦しい雰囲気を察し、「検査はどこの病院ですか？」と大声で尋ねた。

「あの耳鼻科の看護婦、説明したろう。もう忘れたのか」

「……」

「良くきこえないな」

吉太郎は後部座席から斎藤の方に身を乗り出して言った。

「だから検査に行くのよ」

「まさか……あの飛行場のそばの病院に連れて行くんじゃないだろうね」

「飛行場のそばの病院。そこには行かないけど、それはなんという病院だ」

会話を楽しむように斎藤はとぼけた。

「あんたの声、良く聞こえないな。クルマの中はだめなんだよ」

「そこには行かないが、どうしてだと聞いたんだ！」

斎藤が大声を張り上げた。

「以前、入院したことがある……」

「ほう」

「あそこの病院だけは嫌じゃ。本当にそれは恐ろしい病院だよ」

「恐ろしいとは、どういうことだい」

「良く聞こえない」

吉太郎が再度、前方に身を乗り出した。

「どうしてだと、聞いたんだ」

「みんな騙されて入院した者ばかりだ。わしと仲の良かった者なんか、養老院の先生方に騙されて入院させられたんだと、涙を流してわしに教えてくれたよ」

「まさか」

「本当のことだ。とても信じられないと思うけどな」

「老人ホームの先生がどうして、そんなウソをつくの。本人が病気だから、勝手にそう思ってんだろう」

「……」

「本人が病気だからだろう」

「いいや違う！」

吉太郎が逆に語調を荒げた。

彼は最初、酒井銀之助は確かに精神が病んでいると思った。しかし、起居をともにし、特異な性格ではあるが、徐々にそうでないことが分かった。酒井は断じて精神病院に入院するような人間ではない。

数年前のことである。鎌田が退院する前日、首を鶴のように長くして酒井が懇願し、手紙を自分に託した顔が蘇る。酒井の悲劇は自分の家族を持ち得なかったことにあると思った。

「入院すれば最後、婦長は絶対に退院させてくれない。みんな死んで退院。腹が痛いから注射でも打ってくれと頼んでも、毎度のことだからといって相手にしてくれない。それでいて血液検査などはやたらと多い。夜中には医者がいないから、死んだ患者に医者は立ち会うことはない。医者が診るにくるのは、みんな死んだ後だよ。これじゃ、死んだ者も浮かばれはしない」

「………」

岩見は夢中になって喋る吉太郎の話を聞いていて、そのいずれも矢沢病院の実態を言い当てていると妙に感心した。彼は自分の生涯を託すつもりで学んだ［福祉］なる学問が妙に現実から遊離した空論のように思えた。

大学を卒業し、精神病院に就職した今になって、忘れていた「ある叫び」が岩見の喉元に切っ先を突きつけてくる。彼は大学時代、医療福祉問題研究会に所属し、研究会の主催で「さよならCP（脳性マヒ）」というビデオを上映した。

大学構内の狭い教室で、そのビデオは上映され、その後、学生などが参加してCP者との討論会が催された。車イスに腰掛け、身体を傾けながらCP者の一人が必死の形相で、岩見たち学生や福祉施設の従事者を根本的に否定したのである。彼は身体を捻じ曲げ、体の芯から絞り出した声を教室内に響かせたのである。

「養護学校義務化ハ、障害者ヲ、普通ノ学校ニ入レナイヨウニスルタメノ、障害者ノ切リ捨テ政策デアリ、健常者ト我々ノ交流ガナクナリ、障害者ノ施設隔離ノタメ以外ノ何モノデモアリマセン……」

岩見は驚きながら、彼のたどたどしい言葉を注意深く聴き入った。

「……我々ガ強ク主張シタイノハ、自分タチヲ本当ニ苦シメテイルノガ、今ココニ参集シテイル皆サンダトイウコトナノデス。我々ノ善キ理解者デアル筈ノ現今ノ福祉労働者デアリ、アナタガタ学生ナノデス。我々ノ自由ナ真情ヲ殺シ、アナタガタ本意ノ考エデ、我々ニ接シテクル……」

精神障害者を収容する精神病院は度々、法律を無視する。密室であるがゆえに、それが可能でもあった。院内事故を起こしながら世間に露呈しないのは、精神医療が社会の日に触れないからであり、閉鎖状況の中で事実を闇に葬り去ることができたからである。

なぜこのようなことが起こるのであろうか。精神医療という人々の未知に訴える不確かな領域と関係がある。そのような不確かな精神医療を取り囲む法体系だからであり、落とし穴があった。

鎌田吉太郎の入院が仮に決まれば、入院形式は保護義務者による「同意入院」となる。岩見の病院は、精神鑑定医が常勤していないので、精神衛生法上の行政措置による「強制入院」患者を受け入れることはできない。だから、患者が自発的に入院する「自由入院」は別にしても、患者は全員、保護義務者の同意入院患者である。

同意とはもちろん、吉太郎自身の同意ではなく保護義務者の同意である。彼の意思とは無関係で、措置入院と同じく強制的である。ただ、措置入院が社会の治安的な意味合いから行政によって患者を保護するため、医療費は行政側の負担なのに対し、同意入院は本人負担となる。既婚者の吉太郎の場合、保護義務者は法的に妻であるが死亡したので、彼の子供や血縁者の中から適任者を選任しなければならない。その適任者が法定の保護義務者となる。

選任手続きは、家庭裁判所に書類を提出することから始まる。決定までには時間がかかるので、その間は暫定措置として患者が現住所を登録している市町村長の「同意」が必要となる。その同意書は管轄する保健所に提出されることになる。

一方、家裁から選任された法定の保護義務者が決まると、その時点で市町村長の同意が解除され、法的な保護義務者の選任書を保健所に通知する。そこで初めて入院手続きが完了となる。内容も手続きもいたって簡易であり、多くの精神病院がその手続きを家族に代わって病院側が代行した。

家裁に提出する添付書類は、患者本人と保護義務者が血族的な関係があるかどうかを証明する両者の戸籍謄本、抄本、住民票が必要であり、それに必要な事項を記入した申立書がありさえすれば、それで提出できた。

家裁ではただ、適任者から特別家事審判規則に従い、「保護義務者を選任するには、保護義務者となるべき者の意見を聴かなければならない」から、簡便なアンケート式の回答書なるものを適任者に送付して確認を取るだけである。

岩見はこの辺に法的な手続きの落とし穴があると思えた。つまり、経済原則にだけ支配された精神病院と良心をなくした家族が、互いの思惑から利害的に手を結んだ場合、正常な人間でも本人の意思に関係なく、合法的に精神病院に強制的に収容できたからだ。

「看護人はすぐに患者を殴る。あの病院の実状を知らないで、たまたま県南の村から若いオンナが入院してきた。若いオンナが入院するなんて、とても珍しいことなんだ。そしたら、一週間もたたないうちに当直の看護人に悪戯されて問題になったよ。だけど、病院の中だけのことだけどな」

「いつのことですか、それは？」

岩見が初めて口を開いた。車窓から景色を眺めていた彼は、急に背筋が凍るような肌寒さを感じた。同時に体内からいい知れぬ憤怒のような気持ちが沸いてきた。

「吉太郎さんが入院していた当時のことですか？」

「あまり退院させないもんだから、病院から逃げた者もいたよ」

吉太郎は岩見の声が聞こえないものか、彼の疑問を無視して喋り続けた。

「逃げた患者は運が悪いことに看護人に捕まえられ、それから何日も食事を与えられなかった。あの患者はその後、どうなったのか。ウソじゃないぞ。あんたがたは分からないだろうけど……」

吉太郎の純真な心情を聞きながら、岩見は胸に痛みを感じた。目が何かを訴えている。その言動に病的なものは感じられない。どこに老人性痴呆症という病名を冠する精神症状があるというのであろうか。そうは思っても、彼は医師ではない。彼の主張が通るはずはないのだが……。

精神医療は素人が簡単に判断できるほど簡易なものではない。医師でない者が診断に異議を唱えるなど言語道断である。そのようなことが習慣化すると、医療の現場が混乱するのは必至。就職して間もない素人が口を挟む余地など皆無に等しかった。

岩見は吉太郎を騙している自分が恥ずかしいと思った。彼は再び、罪責感にも似た意識に支配される。吉太郎にはっきりと自分の身分を明かすべきだと感じた。

「どうして、家で暴力を振るうの?」

「何と言った」

「家族をどうして殴ったりするの」

「殴る……」

吉太郎が思わず聞き返した。

「娘さんに暴力を振るうのはなぜですか」

「あんたら」

絶句する吉太郎の瞳が大きく見開き、顔がみるみる間に紅潮した。肩で息を大きく吸い込んでいる。

「マミ子が電話でもしたのか?」

「そうではありません」

岩見は事実を伏せ、即座に否定した。

「爺さん」と斎藤が図太い声を出した。視線をバックミラーに移し、吉太郎の様子をミラー越しに窺っている。

「近所の人が保健所に電話をかけたのさ。それで病院に連絡が入ったのだよ」

「そうか! あんたの顔、どこかで見たような気がしたんだが、やっぱりか」

「やっと気が付いたな」

斎藤は無神経に声を出して笑い出した。肌にまといつくような高笑いを、岩見は不愉快に感じ、無性に腹が立ってきた。

ライトバンは官庁街の大通りを左に折れ、総合病院の裏側を通って赤レンガの刑務所前を、あっという間に通り過ぎた。クルマは赤信号で停止し、斎藤が再び、ミラー越しに吉太郎が暴れる様子がないか窺っている。

車窓からは、国道沿いに広がる工業団地の屋根のくすんだ企業群が点在しているのが見えた。赤茶けた川面が見える。小型船が運河に浮かぶ木材を刷毛で掃くように運んでいる。運河に架かる橋を渡り終えた時、吉太郎が突然、細い腕を振り上げ、ドアガラスを叩き始めた。

「助けてくれェ！」と彼は怒り狂ったように叫んだ。

「殺されるゥ！　誰か、殺される！」

「落ち着いて、鎌田さん。大丈夫だから」

岩見は、めちゃくちゃにドアガラスを拳で叩く吉太郎の腕を必死に抑えた。

「落ち着いて、何も心配ないから」

「腕を後ろにねじらねばだめだ。顔をシートに抑えつけろ」

運転席から斎藤が岩見に指示を送る。

「大丈夫だから、暴れないで」

「手を放せ、腕が痛い。その手放せッ！」

「顔をシートに抑えなければ、だめだぞ」

吉太郎の力は予想以上に強い。岩見は斎藤の指示に従い、吉太郎の口を塞ぎながら、残酷にも座席に顔を抑えつけた。

「暴れなければ、こんなことはしたくないんだが」

「放せばだめだぞ！」

片手でハンドルを握りながら斎藤が振り向いて叫ぶ。ライトバンが左右に揺れる。彼はクルマのスピードを逆に加速した。

「痛ッ！」

岩見の指に激痛が走る。めまいを感じるほどの痛さが全身を貫く。吉太郎に噛まれたのである。

「ちょっと、停めてください」

「どうしたんだい？」と斎藤が急ブレーキを踏んだ。

中腰の格好で吉太郎を抑えていた岩見はクルマが急停車した弾みで、クルマの天井に頭蓋をしたたかに打ちつけ、彼の足元に吉太郎が転がった。吉太郎もどこか強打したようで、顔を歪ませている。斎藤が中年肥りとは思えない素早さで、手にした拘束衣を抵抗する吉太郎の両肩から手際よく被せた。

「この紐で早く、両腕が動かないように縛ればいい」

岩見は斎藤から受け取った紐で、鎌田の両腕を拘束衣の上から縛り上げた。紐を結びながら、自分の行為に疑問を感じる。仕事とはいえ酷《ひど》いことをしていると、自責の念にかられ、気分が滅入ってきた。

「世話をやかせんなよ、爺さん」

「お前らのことは一生忘れんぞ。死んでも忘れないからな」

拘束衣を着せられた吉太郎の瞳が異様に輝いており、荒い息が憎しみに満ちていた。

斎藤が運転席に戻り、ライトバンを発進させた。吉太郎と格闘した際、噛まれた指がしたたか痛む。それ以上に岩見の脆弱《ぜいじゃく》な心が痛んだ。

道路がY字に別れている。最近、この地区に移校してきた工業高校に向かう方向と反対の道路にクルマを進めた。この幹線道路の終点が空港で、バスの終点にもなっている。

「マミ子が電話をかけたんじゃないんだな。病気はわしじゃなくて、あいつの方だぞ。世間体が悪いから黙っていたが」

「おい、おい、爺さん、何寝ぼけているんだい」と斎藤があざ笑った。

「あいつ、このごろ変なことばかり言う。わしが近所の者に見張らせているなどと、わけの分からないバカなことばかり言うもんだから、わしはあいつを叩いたんだ。婿が腰抜けで、不動産屋の片棒だけ担いで頼りにならないからな」

「暴力には理由があったんですね」

「ううん」

吉太郎が曖昧に聞き返した。

「殴る理由があったわけですね」

「マミ子が悪いのよ。婿の言うことだけ聞くもんだから」

「旦那に従うのは夫婦だから当然だろう。爺さん、婆さま死んで寂しいんだろう」

「そんなくだらないことではない」

「それなら何故だい」

斎藤が畳み掛けた。

「土地の問題だよ。わしと奴らの意見が異なるもんだから、婿にばかり味方しやがって。先祖の山林をわしが一生懸命に守ってきたのに、それを婿とマミ子が売ろうとしている。殴ってどこが悪い」

「売る理由があるからだろう」

「わしに内緒でかッ！　法務局で山林の登記簿謄本を見たら、名義が勝手に書き換えられていたんだぞ」

「誰に」

「婿の名前に。わしが絶対にハンを押さないから、勝手にしたんだろう」

「……」

空港の手前の交差点をライトバンは右に折れる。陰気で異様な外観をした病院の屋根が見えた。舗道がでこぼこで、昨日の雨の水溜まりができている。前方から病院正面を眺めると、いかにも老朽化した収容所だ。しかも、病院全体から異様な臭気が発しているようであった。

「ゴルフ場開発か、なんだか分からないが、先祖からの大切な山をなんで売らねばならない。わしは絶対、ハンを押さないからやつらを訴えてやる」

「おいおい、物騒なこと言うなよ。もう着いたぞ」

病院の駐車場に黒塗りの外車が駐車しているのが見えた。矢沢院長の米国産車だ。週に二、三度より病院には顔を出さない。彼は普段、何をしているのだろう。

「鎌田さん、心配しないでください。前に入院したようなことはありませんから」

「ウソじゃないんだな」

「……」

岩見が頷いた。そして不信感が宿る彼の瞳を覗き込んで言った。

「絶対、約束しますから」

ライトバンは朽ちかけた玄関に滑り込むようにして停車した。クラクションを二度、三度、合図のように鳴らし、斎藤が患者の到着したことを看護婦詰め所に知らせた。

病棟から患者を出迎えに看護人が出てくる。吉太郎の様子を窺うと、彼は瞳を閉じ、座席で黙したままである。岩見が横向きにクルマのドアを開けた。病院のクルマを納車する車庫の方で人影が動いた。誰だろう、給食の手伝いをしている内科病棟の患者だろうか、と瞳を凝らした。

潮風に頭髪を逆立てた女性が佇んでいるのが見える。岩見は吉太郎を看護者に任せ、無意識にその女性のいる方に歩き始めた。途中、吉太郎のことが気になり、振り返ると、拘束衣と紐で縛られた彼が斎藤の後に従い、閉鎖病棟につながる廊下を歩いている。その姿が哀れだ。病葉が枝から無理に剥ぎ取られたようである。

診察は閉鎖病棟で行うのであろうか。その光景を瞬きで打ち消し、前方を見ると、車庫の裏側に隠れていた女性が現れ、岩見はあッと目を疑った。患者のように見えた女性はマミ子で、彼女の額には大粒の汗が浮かんでいた。

「こんな所で、一体どうしたんですか」

岩見は不思議に思って聞いた。

「どうなるのか心配で、途中からタクシーを拾ってきたの」

「事務所で待っていてくだされればよかったのに」

「お爺さん、わたしの秘密漏らさなかったかしら」

「秘密ですか！」

彼は内心、不可解なことを言う人であると思った。彼女の口癖なのか、不思議な気持ちである。

「わたしにとっては、とても大事なことなのよ。絶えず盗聴器を使ってわたしの心を覗いているんだから」

「盗聴器ですか？」

「神様のお告げなんです。お爺さんを病院に入院させた方がいいと。お告げが直接、わたしに流れてきたのよ」

彼女の言動に疑念を感じた。初対面の時から岩見の胸中に尾を引くものがあった。

生暖かい風に潮気を感じる。マミ子の肌にそれが爆《は》ぜ、頭髪が再び逆立った。彼女の不可解な話を聞きながらぼやけていた彼女の心象が鮮明に浮かんできた。

岩見の空洞化した内側から、精神を病んでいるのは彼女自身ではないかと囁く声が聞こえる。吉太郎が車中で懸命に訴えた通り、本当の精神病者は自分らに騙されて病院に連れてこられた彼ではなく、彼女自身であると実感できた。

彼女の脈絡のない言動は妄想である。そのように考えたら急激に力が抜け、岩見は脱力感に襲われた。吉太郎は精神病院に入院するような患者でない、と岩見が病院内で訴えたところで、動脈硬化に侵された矢沢病院では彼が逆に病気扱いされる。阿呆船に等しいこの病院は大海原の狂気に漂う笹舟に等しい。日々の診療や治療はもちろん、患者を直接看護する病棟も海図なしに航海を行っているのと同じであった。

「一応、入院の手続きがありますので、事務所に行きますか」

岩見は力なくマミ子を促した。

「事務所でわたしの秘密、漏れないでしょうね」

彼女の異様な言葉を聞き流しながら、岩見は吉太郎に対し何の手立てもできない自分の無力さを改めてかみ締めた。

背後の建物を振り返ると、さっきまで一緒であった斎藤と院長の弟が訝しい顔をし、こちらを窺っている。古ぼけた船室のような事務室に再び、彼女を促した。

二章　夜明けの光

1

鉄格子と鍵に象徴される精神病院の閉鎖病棟には、奥の院ともいえる「檻」が設置されている。比較的精神症状の落ち着いた患者から隔離するための個室で、自分自身を傷つけたり、他の患者に危害を及ぼすような急性期の患者を監置する部屋なので「保護室」と呼ばれた。

矢沢病院の保護室は本来の治療の目的から著しく逸脱し、入院患者に懲罰を加えるための個室として頻繁に利用されていた。

「吸血鬼がきたぞォ」

岩見の背後で患者の大きく叫ぶ声がデールーム内に響いた。看護婦が二人、鋼鉄の扉を開け、入ってきた。彼女らが手にしているトレーには注射器やアルコール綿などが見える。シューズが床を軋ませる音がやけに高い。この病院では食堂兼娯楽室であるデールームは、患者の採血や検査なども行う多目的な空間であった。

「採血しますから、呼ばれた患者はここにきてください」

看護婦の北村勝子の声も患者の声に負けないほど高い。

「また採血か」

「あんた、そんなこと言うんなら、便秘だと訴えても、薬や浣腸、してやらないわよ」

勝子の脇で不用意に吐き捨てた患者に、彼女は強い調子で言った。患者の目尻の下にホクロが見える。ハンディカメラから電波が流れると内科病院で騒ぎを起こし、この病院に転院してきた茂木である。

「………」

宿便で苦しむ茂木は声が出なかった。彼は、まだ入院していたのである。勝子ともう一人の年配の看護婦が次々と、患者の名前を呼び始めた。茂木はその場を退散しようとしたが、名前を呼ばれ、仕方なく採血の列に並んだ。

閉鎖病棟の患者は、消灯時間の午後九時までは自由に男女の病室に出入りすることができる。男女の各病室は広いデールームを挟んで左右に分かれている。夜間はデールームの中央からアコーディオンドアで仕切られ、男女の行き来が遮断される仕組みであった。

そのドアが開かないように一応、カギをかける。中高年者が比較的多いこの病院は、簡易に遮断するだけで良かった。それでも深夜になると、女性の病室に忍び込む不埒《ふらち》な輩もいた。

自分の名前を呼ばれた患者がゾロゾロと寝床から這い出てきた。

「村岡さん。次、鎌田さん」

「鎌田さんはいいのよ。あの人は後で……」

「あァ、そうか」とメガネをかけた無資格の看護婦が了解した。

鎌田というのは吉太郎のことだった。彼がこの病院に再入院し、早いものでもう四か月が経つ。彼はどうして、後でいいのであろうか。看護婦たちのささいな会話が気になる。

吉太郎は再入院後、岩見の姿を見つけると、決まって「検査の結果はまだ出ないの？　あんたがこんな病院に連れてこなきゃ、わしの人生も、まだまだ明るいんだがな」と皮肉を込めて言った。

病院までの車中で、吉太郎が「土地の問題だよ。わしと奴らの意見が異なるんだ。ゴルフ場だかなんだか知らないが、先祖から伝わる山をどうして、売らなきゃならないの」と訴えたことは、どうやら本当のことのようである。

先日の新聞記事に、彼が住む宝山地区の一部住民がゴルフ場開発に反対する会を組織したとの報道があった。反対する会は環境汚染の元凶に廃棄物処理場とゴルフ場開発問題を取り上げ、反対の陳情書を県都の市役所に提出したらしい。

吉太郎が通院していた耳鼻科医院まで運転手の斎藤と迎えに行ったのが、昨日のことのように目に浮かぶ。

「困ったことがあれば相談に乗りますから、何でも話してください。秘密は守ります」

「あんたに相談しても何も解決しないよ。病棟の患者はみな、そう言ってるよ」

「そう嫌わないでほしいな。ぼくなりに努力はしているんですよ」

「努力？　なんにも力がないあんたに、何ができるんだい。気休め言ってもらっては困る。わしらにとって相談といえば、早く退院することだろうよ」

「鎌田さんには、ぼくも責任を感じておりますから、もう少し待ってください」

「責任ねェ、それより良く眠れない。うるさくて」

病室にいた他の患者が部屋から出て行くのを見届け、吉太郎が岩見の耳元で囁いた。

「眠剤でも、出してもらいますか」

「そんなことではない」

「何かあったんですか、病室で」

「この病院に連れてきたのはお前だよ……」

吉太郎が不安そうな瞳で周囲を見回しながら、そう呟き、言葉を呑み込んだ。同室の患者が部屋の中に入ってくるのを察し、岩見の脇から彼は離れた。

閉鎖病棟で何時も岩見は憎しみに満ちた吉太郎の瞳に触れ、自分の姿が病棟の壁にでも擬態できればと思う。ランの花になりきるハナカマキリの幼虫のように保護色となって自分の身を隠したい気弱な衝動にかられた。


「こらッ、商売道具忘れるなッ」

採血を終えたアルコール依存症の村岡が図太い声で、精神薄弱の誠太郎を怒鳴ったのである。誠太郎が不自由な腕を肩口で弧を描くように震わせ、村岡の傍らから後ずさりする。不自由な足でデールームの隅まで走り、顔を天井に向けた。動物が遠吠えするような声で泣き叫ぶ。右目だけが妙に大きい。坊主頭で眉毛が濃く、誠太郎の顔はかなりグロテスクといえた。

誠太郎は言葉を発することができない。知的レベルは白痴であるが、特殊な能力があった。どこで覚えたものか、彼が不自由な両手を合わせお経のような声を絞り出せば、内科病棟の重症患者の誰かが決まって亡くなる。全く超自然的現象といえた。

「その汚い商売道具、忘れるなと注意したばかりだろう。何回いえば分かるんだ」

「……………」

分厚い口唇から、絶えず白濁した涎《よだれ》の糸が垂れている。

「お前、聞いてんのか」

「早く、商売道具を拾わなければ、また殴られるぞ」とダルマのような体つきの看護人が誠太郎を促す。

商売道具とは誠太郎が涎を拭くためのタオルのことである。卓球台に患者らの湯飲み茶碗やコップが置かれ、誠太郎のタオルが無造作にそれらの上に放られていた。村岡がそれを目ざとく見つけ、怒鳴っていたのだ。

村岡は頭髪の生え際に剃りを入れ、髪全体が短く刈り込まれている。いかにも性根の悪い顔つきをしていた。病棟内では何時もダボシャツを着ており、弱い者を見つけては殴りつけていた。

卓球台の上に放置されたタオルを、村岡は汚物に触れるような仕草で摘《つま》み上げた。洗面場でタオルの端を水に濡らし、瞳を閉じて合掌している誠太郎に近づき、その濡れタオルを彼の顔面に力任せに打ち付けた。

岩見はあッと息を呑んだ。血相を変え、村岡に詰め寄った。

「なんてことをするんですか！　弱い人を虐《いじ》めてそんなに面白いですか！」

「なんだと」

村岡が平気な顔をして反撥する。側にいた看護人は素知らぬ顔をし、笑みを浮かべている。殴られた誠太郎だけは奇声を発し、自室に逃げ込んだ。

「どういうつもりで、あんなことをするんです」

「あんなこととは？」

「とぼけないでください」

「何、生意気なことを抜かしてんだ。文句があるなら、相手になってもいいんだぜ」

ボクシングのファイテングポーズを取ったと思ったら、村岡はすかさず右肩から岩見の顔面めがけて拳を突き出した。そのストレートが見事、岩見の顔面に命中した。鼻腔に生暖かいものを感じる。鼻血が噴き出し、彼の白衣を血に染め、足元の床に鼻血が滴り落ちて床を汚した。

騒々しいデールーム内の動きが一瞬、制止し、静寂となる。それでもテレビの音だけが岩見の耳に響いていていた。

「昨日今日、病院にきた青二才のくせに、生意気なことを抜かすんじゃない。病棟の看護人が黙っているというのに、お前がでしゃばることではないんだよ」

「ここは病院ですよ。あまり聞き捨てならない言葉は吐いてほしくありませんね」

「もう一度、殴られたいのか」と村岡が再度、ファイテングポーズを取った。

岩見は一歩も引かぬ気概を見せ、生暖かい鼻血を飲み込み、彼を正面から睨み返す。自分でも案外冷静であると思った。

「誰も何も言わないから、ぼくがあなたに注意しているんです」

「この生意気なッ……」

彼の剃りを入れた額の生え際に血管が浮く。眉間に邪悪な皺が寄り、彼の右ストレートが岩見の顔面を捉えたと思ったら、彼が大きく大勢を崩した。彼の拳より早く、彼は何者かに後頭部をしたたか殴られたのである。

「痛いなッ、何するんだよ」

「いい加減にすろ、村岡さんよ」

威圧感のある声の主は小田島という患者であった。口髭を生やした彼の額の皮膚が盛り上がっている。彼は村岡の頭を再び殴った。

「あまり調子に乗るんじゃないぞ、このチンピラが」

「………」

不満そうな顔をした村岡は何も言わないで、その場から早々に退散した。小田島は正面から彼を見据えていた。

「升谷一派が深夜、酒を飲んで、ガラスコップを凶器に俺を襲ったんだ。その時の傷がこれだよ」

病棟の一匹狼である小田島が村岡らに深夜襲撃され、顔の形が変わるほどの怪我を負ったという。村岡一人では彼に手出しができず、病棟のボスを自認する升谷らが深夜、彼を襲ったのである。升谷は小田島ほど腕力はないが、頭脳派で、看護病棟の弱みを握り、看護長を始め他の看護人も彼の行動には目をつぶっていた。

病院や家族から不当に扱われ、虐げられている患者たちにも閉鎖病棟で確固とした力の論理が働き、それに支えられた社会のような階層があった。病棟は紛れもなく一般社会と同じで、それを映す鏡のようであり、縮図でもあった。

その頂点に君臨するのが、幾度となく精神病院で入退院を繰り返しているアルコール依存症の患者である。入退院も数十回という猛者も珍しくない。働き盛りの年齢なのに生活保護を受けながら入院している村岡も、その中の一人。自分が病気であるという病識を著しく欠如していた。

彼らのほとんどは入退院を繰り返すうちに失職し、社会の「落ちこぼれ」と言えた。病院に隔離収容された後、肉親や家族からも見放され、各病院でも疎まれる存在として病院をたらい回しにされる。患者の中には確実に社会復帰のできる者もいるが、精神薄弱患者と同じように「固定資産」という形で病院に順応していた。

「お前はまだ、精神病院がどういうところなのか、宿泊勤務してないんで分かっていないようだな」

ダルマのような看護人が体を揺すり、皮肉交じりの言葉で岩見をなじった。

「そんなことをいうのなら、村岡さんを注意したらどうですか」

岩見はむッとした表情を浮かべて言い放った。

「それがあなたたちの仕事でしょう」

「あのぐらいで、そう目くじらを立てることじゃない。誠太郎にほんの少し、悪戯しただけだろう」

「何を言うんですか。精神薄弱とはいえ、彼はこの病院で療養している患者さんですよ。あんなことが許されるのですか？　この病院では」

「病棟に何の用でくるのか知らんが、たまにきて重箱の隅をつついてるほど、俺たちは暇ではないのよ。そんなことを気にする看護人は誰もいないよ」

ダルマというより、ビヤ樽のような体つきの看護人が冷淡な目を岩見に向けた。

「おッ、看護のおっちゃんとケースバーカーが言い争いしている」

村岡が二人の口論を目ざとく見つけ、囃《はや》し立てた。

「もっとやれ、やれやれェ」

2

保護室の扉の目の高さの位置に、患者の中の様子を窺う覗き窓が刳《く》りぬいてある。鋼鉄製の扉には、威圧的な大きな錠前が取り付けられ、開閉するたびに不気味な音が響いた。天井が高く、換気の悪い保護室は絶えず悪臭が漂う。不衛生な六畳の空間は見るからに「檻」と言えた。飛び上がっても手が届きそうもないところに採光用の鉄格子のはまった小窓が見える。その小窓から夜明けの光が射し込んできた。

金隠しのない水洗便器からは、常にチョロチョロと水が流れ、三枚の畳は醤油色をしていた。顔中髭だらけの患者が薄汚れた布団に寝そべっている。動物園で見かける無気力なライオンのようだ。

四方の壁がセメントで塗り固められ、保護室の中は真夏の温度に近かった。患者は閉じていた瞳を静かに見開き、岩見の体臭を嗅ぎ分けながら饐《す》えた布団から上半身を起こした。患者の名前は良治。病名は精神分裂病で、彼が保護室に収容されたのは、他患者と度々トラブルを起こしたからである。岩見は当初、そのように病棟から聞いていた。真実は看護婦に暴力を振るったことから病状悪化と診断され、強制的に収容されたらしい。

良治と初めて接した時のことが脳裏に蘇る。カルテや看護記録に暴力的な患者と記録されてあったので不安を感じたことを覚えている。彼の身体が大柄であったのも不安感を増長した要因だった。

彼は不潔な衣服を纏《まと》い、顔中に髭を伸ばし、容貌も目の前の今とほぼ同じ。ただ、初対面で味わった茫漠とした恐怖心は目の前の彼からはもう感じられない。蒼白い顔色が以前に増して恐い形相に変わったのが気になるが……。

「看護人の誰か、ここにきました？」

岩見は毎度するように挨拶代わりの言葉をかけた。

「食事を運んできた以外は、何時もの通りだよ」

「相変わらず顔色がすぐれないですね」

「顔色が悪い？　そうだろうな、ここにいれば。カガミを見てみたいな」

良治は妙に納得した様子で顎鬚《あごひげ》を左手でなでながら頷く。

「ここにいると、時間がストップしたのと同じ。恐くなる。季節感もなくなるしな。今は夏だろう」

「こんなに暑いからね」

「こんな場所にずうっと住んでいると、季節感がなくなる。季節は確かに流れていると思うけど、その感覚がないんだ。だから雪解けのころに良く食べた山菜……アサツキのおひたしやウド、アサツキって分かるか？」

「山菜か野菜の一種でしょう？」

「ヒロコと呼ぶところもあるらしい。ウドは独活《ウド》の大木っていうだろう、あれだよ。俺のことのようだけどな」

「ぼくも好きですよ。白い茎に味噌をまぶして食べるのが好きだな」

「子供のころ、良く採りに野山を歩いたもんだ。この中に居ると、そんなことばかり思い出す。それを思い出せば、無性に食べたくなるから不思議だよな」

「もう少しの辛抱だと思うけど……」

岩見の慰めの言葉が四方のざらざらしたセメント壁に虚ろに響く。悪臭が毎度のことながら岩見の鼻腔を刺激する。眼球が痛くなるほど刺激的な臭いだ。

「婦長さんにお願いしてくれ。早くここから出してもらえるように願ってくれよ」

「何度も交渉しているんですけど」

矢沢病院に岩見が就職してから、もう四ヶ月が過ぎた。できるだけ時間を割いて良治と会うようにしていた。その間、婦長を何度も説得してみた。しかし、彼は保護室から出ることができないでいる。良治は社会から二重にも三重にも隔離され、閉塞した檻の中で生活していた。病気のため入院し、勝手に水すら飲むこともできないように自由を奪われ、こんな檻の中に放り込まれている。これだけの自由を奪われるほどの病気というものがあるものだろうか。彼はこんな場所で生きるため「生」を受けたのではない筈だ。

「家族に連絡してみますか？」

「余計なことはしなくていいよ」

「どうして！」

岩見は単純に驚いた。入院患者のほとんどは彼の顔を見れば、家族に面会に来るように連絡してくれとか、婦長に退院を願ってくれと要請する。しかし、黒く伸びた爪を前歯で齧《かじ》っている良治は明らかに異なっていた。

「会いたくないの？　両親に。元気なところを見せれば心配している両親も安心するんじゃないの」

「元気なところ？」

良治は濁った瞳で岩見を睨んだ。この病院に入院している患者の家族は表向きはどうであれ、自分たちの肉親の症状についてあまり関心を示さない。そんなことを分かっていながら尋ねたことを岩見は後悔した。

「いまさら迷惑な話さ」

「世間体が悪いってこと？」

「それもある」

「………」

「俺は確かに何度か精神病院に入院した。今も入院している。だけど良くなって退院もしている。それでも、誰も俺の病気が治ったとは思わない。悲しいことだけどな」

彼の落ち窪んだ眼窩に見据えられ、岩見は言葉に窮した。年上の彼に見据えられたからではない。彼の心情が痛いほど分かるような気がしたからだ。布団の裾を避《よ》け、岩見は胡座《あぐら》を組み直した。

「病気が治っても治らなくても、精神病院に入っても入らなくても、俺は死ぬまで狂人と言われて生きていかねばならない。分かるか、あなたに」

野球部員だった良治は高校三年生の時、主戦投手として甲子園に出場した。小さい時からプロ野球選手になるのが彼の夢であった。残念ながらドラフト会議では彼の名前は出てこなかったが、それでも当時の彼は県内で屈指の投手であった。その後、社会人野球をやるため、東京に本社がある大手企業に就職した。

その会社のＯＢの何人かがプロ野球で活躍していたため、その会社に就職したのである。しかし、彼は三年ほど勤めた後、同僚に給料が安過ぎると漏らし、突然退職している。辞めたのは、野球部の監督と衝突したのが本当の理由らしい。転職した会社も長続きしないまま、異業種の板金工場に心機一転、職工として就職している。

推定発病は昭和五十四年春。その板金工場で働いていた当時で、「頭が錐《きり》で刺されたみたいに痛い」と訴えている。仕事も休みがちになり、不自然な状況で空笑いするので、会社の同僚に「お前、少し様子がおかしいぞ」と非難されたという。そのころから物事に集中できず、仕事も満足に行えないようになった。次第に会社の寮の自室に閉じこもり、奇妙なことを口走り、壁に語りかける姿が見られたという。両親が会社から様子が変だと連絡を受け、良治は故郷へ連れ戻されたのである。

悲観に暮れる両親に向かって、

「お前たちは俺の親ではない。誰にものを言ってるんだ。俺は神の子だぞ」

血統妄想に操られた言動や暴力行為が見られ、特に興奮した状態では、

「俺の心を盗み見る奴がいる！　秘密のサインが盗まれた！」

などと叫び続けることもあった。

異常な言動が重なり、昭和五十四年九月、彼は県内の公立精神病院に強制入院となったのである。そこで彼は二十二歳の誕生日を迎えている。その後、矢沢病院に入院するまで、公立や

私立の精神病院へ数回、入退院を繰り返した。病気前の良治は青空の下で白球を追って自由に飛び回っていた。それが今では一転し、閉塞した不潔な檻に放り込まれ、生きていかねばならない。彼の境遇は今更ながら不憫に思えた。

「川柳を作ってみたんだが、ここで聞いてみてくれるか」

「紙もペンもないのに暗記しているんですか？　凄いですね」

「黙って聞いてくれよ」

良治は眸《ひとみ》を静かに閉じた。

喉仏落ちゆく水の心地よさ
星屑の窓から眺め一人泣く
保護室の臭いもいつか忘れ去る

世辞にも決して上手な川柳ではない。彼は三首を詠み終えた後、落ち窪んだ眸をゆっくりと見開き、ぽつりと独り言を漏らした。

「何時までここに置く気だろう」

「………」

「婦長さん、俺を憎んでいるんだろうか」

「先生に頼んで早くここから、出してもらうようにするから、気を落とさないで」

「先生に頼んでも駄目だよ、何も力がないから。婦長さんに頼まなければ」

「やっぱり、良さんもそう思うかい」

「当然だろう」

「変な病院だよ、まったく」

「それはそうだ、キチガイ病院だもの」

良治は口元の髭を揺らし、四方の壁に反響するほどの声で哄笑した。

精神病院は数年前まではどこでも、「電気ショック療法」が花盛りで、精神科医のいない矢沢病院でも格好の懲罰の道具として重宝された。治療的名目であったが、良治は幸運にも電気ショックの恩恵にはあずかってはいなかった。

「とにかくもう少し我慢してください。婦長に掛け合うから」

無力感を味わいながら、後ろ髪を引かれる思いで彼は保護室の扉を閉めた。青空の下で白球を夢中になって追いかけた良治の人生とは、何であったのか……。

3

岩見が狭い看護婦詰め所に行くと、当直の看護婦が患者の看護記録を書いていた。彼女は顔の痣を隠すような髪型をしている。反対側で婦長がイスに腰掛け、背伸びするような格好で電話をしている。妙に自信に満ちた顔である。彼はその皺だらけ顔を盗み見て、自分の気持ちの怯《ひる》むのを感じた。

「どうしたの、そこに突っ立って？」

電話を終えた婦長が岩見の方に怪訝そうな顔を向けた。彼が真剣な面持ちで、婦長の専用机の縁に手をついて立っていたからだ。

「相談があるんですけど」

「何の相談なの。あなたの相談は患者の訴えと同じで、難しいことばかりだから」

「保護室の良治さんのことですけど」と岩見は気持ちを抑えて言った。

「また、そのこと」

彼女は彼の申し出に不快な表情を示し、少しイスを引き、

「さっきの患者、メチロンでいいから注射を打ってきて」と甲高い声を張り上げて看護婦に指示を出した。

「そうそう、それから昨日の処置係、呼んできて。指示簿の認め印が落ちているわよ」

「はい」

看護婦が素早く薬剤のアンプルの口を切り、その中に注射針を差し込む。溶液を注射筒に移し替え、彼女が詰め所を出ていった。

「あなたが何度、頼みにきても無理なことですよ、それは」とにべもない。

岩見の眼下に婦長の頭頂部が見える。七十はとうに過ぎた年齢なのに頭髪が豊富である。

詰め所の戸が荒々しく開かれた。彼が振り向くと、背後に北村勝子が立っていた。

「だめじゃない、指示簿のハンコ落ちているわよ」

「押してくれたら良かったのに」

「他の看護婦の手前、そうもいかないでしょう。あなた、ここにいなさい。忙しいんだから」

婦長は岩見を全く無視し、腹心の勝子にそう促した。忙しいのであれば、何も当直の看護婦に指示を出すことはない。彼女をわざわざ追いやり、勝ち気な看護長の妻を呼んだ婦長の魂胆が読めた。

病棟は権勢を思いのままに振るう婦長を頂点に看護長夫妻が牛耳っている。それに看護助手のチエが取り巻く。婦長が北村夫妻やチエを頼りにしているのは、医療的な結びつきからではない。それは至極単純な理由からである。看護のスペシャリストであっても高齢で独居生活の婦長にとって、日常生活を送るうえで彼らを必要としていた。家の周りの除草や修繕、買い物などの雑用、看護長の乗用車で病院通勤など、どれ一つ考えても高齢の婦長だけでは困難で、彼らに日常的な世話を受けていた。

「なァにあなた、仕事もしないでじゃまになるでしょう」

「相談があるんだって」

萎びた顔の婦長が冷たく吐き捨てる。

「相談、何の？」

勝子がすっとぼけた声で言った。

「良くまァ、何度も婦長さんに相談にくること」

「保護室に入っている良治さん、ぼくが病院に勤める前から入っていますよ」

岩見は彼女の挑発的な言葉を無視して言った。

「彼を一般病室に戻せないですか。戻せないわけがあるんですか」

「あそこから出すには先生の許可が必要なの、あなたも知っているでしょう。石川先生の指示で入れているんだから、事務のあなたが口出しできることではありませんよ」

案の定、婦長はドクターの名を語るという伝家の宝刀を抜いた。現実には婦長が病棟を思いのままに支配し、精神科を担当する石川までもその配下に置いている。もっとも診療報酬を上げるために雇われているような内科医の石川では所詮、閉鎖病棟のできごとは絵空ごとに過ぎない。

「しかし、保護室に監置するだけの症状が彼に認められますか」

「あの患者は病気だから入院しているんでしょう。決まりきったことじゃない。そんなことも分からないの？」

「症状は生き物のように変容するんじゃないですか。落ち着いている患者を何時までも……」

「あんた、いつから病棟のドクターになったの」

「患者の処遇について見解を示しているのに、あなたは何の権利があって、そんな言い草なんですか」と勝子に反論した。彼女の小ばかにした態度に思わずむッとしたのである。

病院に就職以来、岩見はこれまで何度となく婦長に同じ訴えを繰り返してきた。しかし、看護の責任者でもない勝子にとやかく言われる覚えはないと思った。はやる気持ちを抑えながらも、彼は自然と自分の顔が強張るのを感じた。

閉鎖病棟では婦長を始め看護者の誰もが、病棟が平穏であればと考えている。それはそれでまっとうな考えである。しかし、患者を疎外した形で平穏であることを最大の目的にしていることに問題があった。そこには患者の人権や自由を守るという意識は放擲《ほうてき》され、患者の行動制限を最大限、配慮するという姿勢は微塵も見られなかった。

保護室に患者を収容することは、その人間の自由な行動を束縛することになる。医療的保護の立場から考えても、その行為は十全な配慮と慎重を期さなければならないのだ。

精神医療の行動制限の法的な根拠は、憲法第三十一条の「なんぴとも法律の定める手続きによらなければ、その生命若しくは自由を奪われ、またはその他の刑罰を科せられない」という規定に因《よ》る。また、精神衛生法（第三十八条）は「精神病院の管理者は入院中の者につき、その医療または保護に欠くことのできない限度において、その行動について必要な制限を行うことができる」と定めている。

行動制限とは、患者の過去の行動に対する制裁的な行為であってはならない。もっとも法に定める「医療または保護に欠くことのできない限度」とは、だれが決定するのであろうか。精神医学上の判断に因るものと解されるが、岩見にはその規定が漠然としているように思えた。

この限度とは単なる精神医学上に依存するものではない。何故なら、精神疾患の多くは、その原因の治療法が本質的に解明されていないうえに診断基準も各精神科医によって異なるからだ。それ故、この限度とは精神病院で治療や看護にあたる精神科医や看護者ら医療従事者の精神医療に取り組む姿勢が重要となり、彼らの問題意識によって行動制限の限度が決定されることになる。

精神病院の多くは、患者の行動制限は精神科医の治療的私観に委ねられている。精神科医が不在の矢沢病院では老獪な婦長の恣意的な判断に任せられ、彼女の感情が最大限に優先していた。

「自由を拘束するほどの症状がない患者をいたずらに保護室に収容しているのは、非治療的じゃないですか」

「くどいですね、あなたは」

婦長が立ち上がり、嫌悪感を露骨に表し、岩見を睨みつけた。

「くどいとか、くどくないとかの問題ではないはずです。病気で療養している患者の人権問題ですよ」

「それじゃ、あなたに聞くけど、症状がないとはどういうことです。あの患者は精神分裂病という立派な診断名が付けられて入院しているのよ」

婦長は再び、金切り声を上げた。そして勝ち誇ったような顔で勝子に視線を向けた。

「そんなことを言ってるんじゃないです。ぼくの言いたいのは、良治さんの症状は、保護室に収容するほどの症状はないのではないかと訴えているのですよ」

「それは、あんたが口出しすることではないと、先ほどから婦長さんが説明しているでしょう。

先生が決定することだと」

「どうして、そう逃げるんですか。第一、保護室で彼と最近、看護人の誰も話をしてないじゃないですか。患者を抑圧していることと同じじゃないですか」

「抑圧……あんた、良くそんな物騒な言葉使うわね。あんな乱暴な患者は、あそこがお似合いだわ。婦長さんの指示に従わないいんだから、当然でしょう。あんたは、あの患者の本当の姿を知らないから、そんなのんきなことをいうんだわ」

「どこが乱暴なんですか。ぼくにはそのようには見えませんけど」

「何言ってんの。婦長さんの腕をねじったのよ。精神病質のアルコール依存症の患者でも、そんなことはしないわよ」

色の浅黒い勝子が、そうまくしたてた。

岩見が毎日、保護室に通い始めて二週間も過ぎたころ、良治自身の口から保護室に収容された理由を聞かされ、唖然としたことを思い浮かべた。

「確かにあのころ、俺は気が立って、他の患者に当たり散らした。同室の者とけんかもした。何の因果でこんな病気になったんだろうと思ったら、どうしようもなく自分に腹が立った。それ以上に、この病院の治療姿勢に腹が立った。そんな俺の態度を見て、病状が悪化したと看護婦が注射を打ちにきた。何の注射だと看護婦に聞いても、先生の指示だというばかりで説明もしてくれない。他の病院ではこうではない。先生がきて説明してくれた。

医者に全然、会ったこともないし、診察もない。先生の指示だと急に言われても、何の注射か分からないものを説明なしにさせるわけにはいかないって抵抗したら、婦長が看護人を数人従えて病室に入ってきた。背の高い看護長の姿もあったな。婦長が俺を見て、醜悪な者にでも接するような顔をして、『忙しいのだから、看護婦の手を焼かせないで』とほざいた。そして、『看護婦の言うことが聞けないんであれば、保護室に入れるから』と言うじゃない。

俺も頭がプツンしてよ、婦長に言ってやったよ。『忙しいとはどういうことだい。自分たちが忙しければ、患者の気持ちなんか、どうでもいいのか』ってな。その時はもう、婦長に手を挙げてしまった後だった。俺もそれ以上に、看護人に随分と足腰が立たないほど、殴られたけどな。結局、ここが俺の棲家となったというわけさ」

良治はそう言うなり、饐えた布団を頭からすっぽり被ったのである。

「あの患者を保護室から出して、どこの病室に入れるつもり？ 部屋はどこもいっぱいなのよ。空いている病室なんか、どこにもないじゃない。あんな患者はあそこで十分です」

萎びた婦長が背筋を伸ばし、岩見の瞳を正視して強い口調で言った。

「あれから保護室に行って良治さんの話に耳を傾けたことがあるんですか。とても看護の責任者が話す言葉とは思えませんね。精神医療の根本は、いかに患者と信頼関係を保つかということでしょう。婦長であれば、そのことぐらい分かってほしいですね」

岩見が婦長に詰め寄った。勝子が立ち上がり、

「そんなこと、婦長さんがあんたに説教される覚えないわ。何様のつもりなの」と突っぱねた。

「あなたには聞いていませんよ」

「………」

勝子の顔が強張る。いかにも不快とでも言いたげな表情を見せた。

「患者と会う会わないは私の自由意志ですよ。実際、患者と接しなくても、看護者から毎日、病棟の婦長の私に報告がありますす」

「良くそれで平気ですね」

「何言ってんですか。あなたのように私は暇ではないのよ」

「入院患者をなんだと思っているんですか？　自分が保護室に入れられたことを想像してみてくださいよ。動物の檻のような部屋で、自傷他害の恐れのない症状の患者を何日も放置することが婦長の仕事ですか？」

「なんですか、あなた。言っていいことと悪いことがありますからね」

老獪な婦長が眼を剥き、彼を正面から見据えて皺だらけの顔に空気を入れた。

「先ほどから忙しいのにあなたの話を聞いていれば、自分の立場をわきまえてないんじゃない。ケースワーカーか何か知らないけど、病棟には看護長もいるし、素人のあなたが口出すことはないのよ。事務なら事務室で真面目に仕事をしてください。私はこの病院の院長先生から病院を任せられている総婦長ですよ」

院長から大権を一任された総婦長――何度聞かされた言葉だろう。彼女がなぜ、七十を過ぎても婦長でいられるのか、彼は不思議に思った。

彼女は数年前、肩書きなしの看護婦として病院に就職している。婦長に就任したのは事務長の橋田の強い推薦と聞く。日赤病院時代の彼女を橋田が知っていたことからの推挙で、彼女の上昇志向を認めていた。いい意味で彼女は仕事熱心と言える。事務長が精神科看護の経験のない彼女を誘ったのは、診療報酬の伸び悩みの打開策として彼女の手腕に託し、登用したのである。

経営者の矢沢院長は当時、彼女の就職に高齢を理由に難色を示したらしい。日赤病院を定年退職後、彼女は二、三の内科病院を歩き回っている。年齢は七十に近かったが、矢沢院長は結局、採用したのである。診療報酬を上げるため、手腕のあるベテラン看護婦が必要だったからだという。

彼女は特に外科的処置に優れていた。これまでの精神科治療から内科的、外科的に治療内容を根本から変えた。無能な流れ者の医師は頼りなかったから、余計に彼女の手腕が評価され、瞬く間に総婦長に就任したのである。婦長職は彼女の永年の夢であった。熱意を燃やしていたが、日赤ではその夢はかなわなかった。矢沢病院は小さな病院であるとはいえ、永年の夢がかない、彼女は病院の収益を上げるため、水を得た魚のように獅子奮迅の働きをしてきた。

矢沢病院に就職した当時、彼女のライバルだった看護婦も次第に病棟内で発言力をなくし、不満がありながらもそれを内に込め、彼女に従うようになった。

誠太郎のお経を唱えるような声が突然、聞こえた。精神科のチーム医療を無視する婦長の態度に接し、岩見はこれ以上、彼女に願っても無駄であると諦め、疑問と不満を抱きながら看護詰め所のドアを押した。

「あれは狂犬と同じですよ、婦長さん。患者より手が悪いんだから！」

勝子がヒステリックに婦長に話しかける声が岩見の背中に響いた。

廊下を伝って詰め所に隣接する内科病棟の各病室から膿《うみ》の爛《ただ》れた臭いと失禁の臭いが混ざった悪臭が漂っている。オシメの取り替え時間である。風向きが変わり、岩見の鼻腔を刺激した。

4

良治のことを婦長に交渉してから三日が過ぎた。岩見はその日の午後、蒸し風呂のようなデールームに足を踏み入れた。鋼鉄性のドアを開けると、ライオンのような顔が目に飛び込んできた。良治である。思わず自分の目を疑った。

「穴蔵からやっと、出ることができたよ」

「良かったじゃないですか」

岩見はそう言ったものの、なぜか心の底から喜ぶことができない。どうして急に保護室から出ることができたのかという疑念が、岩見の脳裏で渦巻いていた。数日前まで彼のことを話題にする看護者は一人もいなかったはず。三日前、岩見が婦長に頼んでも拒否されたばかり。それなのになぜだという疑問が生じていた。良治の饐えた臭いが岩見の鼻腔をくすぐる。

彼の相貌は相変わらず悪く、着衣は保護室で起居していたときと同じ。黒い爪も伸び放題である。口髭に白く光るものが混じっている。岩見の瞳にそれが何かしら新鮮に映った。

「あそこにいると、時間が分からなくて困ったよ。何をするんでもないのにな。夜明けに朝陽が射してくると、また一日が始まるんだなと思ったもんだよ」

「夜明けの光か……」

良治の言う朝陽は暗闇に閉ざされて生きる者だけが知る光明に思える。時間からも隔離され、夜中の静寂さや冷たさを感じるからこそ、夜明けの光の重要さを認識できたものだろう。

「そこに突っ立ってないで、良さん、座ったら」

岩見がアルミ製のイスを引き寄せ、イスに座るように促した。良治がイスに腰を下し、二人は表面が波打つ長テーブルを挟んで対面した。

広いデールーム内は何時もと何ら変わらない。時間を停止させたような喧噪状態のままである。理由もなく徘徊する老人、運動不足を解消するため、騒がしく歩き回る者。テレビの音声も騒々しい。各部屋からは談笑する声や怒鳴り散らす声など、実に多種多様な「音」が何時ものように流れている。天井には稼動しない旧型の扇風機が埃にまみれ、アクセサリーのようにぶら下がっている。天井の方々でクモの巣が光っていた。

良治が看護詰め所の方をじっと凝視している。看護婦が仕事もしないで看護人とジャレあっていた。

「誰が保護室から出してくれたの？」

「あんたじゃないのか？」

「婦長さんにかなり食い下がったんだけど、ぼくの意見は通らなかったよ」

「そうだったのか」

「出してくれたのは、どんな人」と岩見は白衣のポケットからメモ帳を取り出し、良治に再度、尋ねた。

「朝食の食器取りにきた看護人だよ。お前、ここから出られるぞって言ったんだ。どうせ気休めだろうと思っていたんだが、本当だったな」

「どうして出ることができたのか、理由を聞いたの？」

「それは……」と良治は一瞬、戸惑った顔をした。

自分の陳腐な質問に岩見は、思わず苦笑した。

腕時計を覗いた。針が午前十時半を指している。昨日の当直は看護資格のない渡辺である。無資格の看護人が独断で保護室から患者を出すことは考えられない。製紙会社の工場を数年前、定年退職した渡辺がいくら熱心な働き者でも、看護士免許もない無資格者が単独でできることではないはず。なぜ、この日、唐突に彼を保護室から「開放」したのであろうか……。

看護長からの指示によるものか？　彼がそのような判断ができるとはとうてい思えない。やはり、婦長の指示だろう。岩見は腕の毛穴から汗が滲んでくるのを感じた。

「それは、俺の病気が大分、治ってきたからだろう」

「……そうですね」

岩見は頻りにタバコを吸う良治と接し、奇妙な錯覚《しき》を覚えた。この場所は保護室の中ではないのかという錯覚である。彼と相対している空間はまぎれもなく、何時も見慣れたデールームであるのだが。

「そのメモ帳は、ムジントウじゃないか」

「ムジントウ？」

良治は突然、岩見の手にしていたメモ帳を指差して言った。そして、二本目の喫いかけのタバコをアルミの灰皿に投げ捨てた。彼が何を考えているのか、岩見は理解できないまま額の汗を拭った。

「また、川柳浮かんだんだけど、聞いてみてくれるか」

良治はそう言うなり、保護室で見せたように、落ち窪んだ眼窩を閉じた。

忘れ去る君のその声母の顔
無人島に響き渡る波の音

「ムジントウって、人のいない島のことか。このメモ帳と、どんな関係があるの？」

「意味なんかないよ。そのメモ帳を見たら、自然と頭の中からその言葉が飛び出ただけだよ」

「それじゃ、無人島に……波の音と詠んだ川柳は、どんな意味なの」

「無人島とかけて、母親のいない子供と解く……」

彼は岩見の質問に答えないまま、灰皿に燻《くすぶ》っている喫い残しのタバコを再び摘まむ。

「その心は」

「間違ったよ。無人島とかけて、愛情のない母親と解く。その心は……その心は、母親を最初の敵と考える」

「良さんは自分の母親を、そんな風に考えていたの」

「さァ、どうかな……」

髭の濃い彼の顔を見ながら岩見は、良治はあまり母親の愛情を知らないで育ってきたのであろうかと思った。彼の生活歴には特別、そのような記述はなかったのだが。

良治はフィルターぎりぎりまで吸い込んだタバコを灰皿に投げ捨てた。もう彼にはタバコはないはず。患者が一日に喫うことができる本数は十本と決まっていた。

「そういえば、俺の母ちゃん、血圧が高いって、いつも言ってたな」

口が渇くのか、彼は何度も灰色の苔の浮いた舌で口唇を嘗め回す。

「俺が四、五歳のころ、誰かの結婚式に母ちゃんと……あれは親戚の結婚式だったな、とにかく連れられて行った記憶がある。母ちゃんは他人の家の子供は抱くんだけど、俺を全然、抱こうとしないんだ。自分でも良く分からないが、その時の情景がこの歳になっても、時々思い浮かぶ。不思議なことだけどな」

彼の話に注意深く耳を傾けた。胸のうちを吐露しているようにも思えたからである。しかし、彼の口を衝いて出てくる言葉からは、狂気に至る過程を探る手がかりは何もないように思えた。

良治は生活保護法による医療扶助で長期入院していた。患者の入院の要否を判定するものに「精神病入院要否意見書」なるものがある。病院側からの入院要否の報告書で、その患者を管轄する福祉事務所から三―六ヶ月毎に病院に送付されてくる。意見書には患者の担当医が症状を記述する欄がある。矢沢病院では月に一度来院する精神科医が書いた意見書を手本に、同じ内容で医事係がその都度、症状を書いていた。

《仮面症状を示し、作為体験、幻聴、妄想気分が著明。クロールプロマジンなどを中心とした薬物療法を施行。他患との接触もなく、自閉的傾向を示す。入院時や前回の報告より若干、病像は快方に向かうが、情感の変動は頻繁。院内での問題行動も著明。社会生活はまだ困難である故、引き続き入院を要する》

良治の病像を記した福祉事務所に提出した何回目かの意見書である。岩見が知っている彼は、決してこのような紋切り型の語彙に装飾された人間ではないと思うのだが。

「どうしたの良さん？」

岩見が床にしゃがみこんだ良治に声をかけた。彼が突然、腰を浮かし、歩きかけて床にひたりこんだからである。髭面が蒼白い。口唇はカサカサに渇き、白く爛れている。貧血ぎみの人間が目眩《めまい》を覚えてよろめくのに似ていた。急に立ち上がったせいで、立ち眩みに襲われたのであろう。

保護室へ拘禁的に隔離され、彼は半年以上も歩くことがなかった。そうしたことから発生した症状のように思える。再び、彼が立ち上がった。洗面所の方にゆっくりと歩を進める。頭を傾け、洗面の蛇口に直接、口をつけた。

暑気を十分に吸い込んだ生暖かい水道の水を彼は狂ったように飲み始める。岩見のところまで彼の食道を落下する水音が聞こえてくるようだ。いまさらながら保護室で起居していた良治の苦痛を垣間見た気がする。彼は朝食時、水の入ったヤカンを看護人から受け取る。保護室に水道の蛇口はない。飲み水はそのヤカンの水だけである。口渇を覚えて水がない時、彼はやむを得ず便器に流れる水をすくって渇きを癒したという。

不潔であると理解していても飲まずにはいられなかったらしい。あらん限りの声を張り上げ、叫んだところで彼の声は無視された。叫ぶこと自体が虚しく思われ、悪臭が漂う便器に流れる水に違和感を覚えない状態となったらしい。

「そんなに口が渇くのか？」

岩見は彼に近づいて尋ねた。

「渇いてどうしょうもない」

水を飲み終えた良治が濁った瞳を輝かせ、洗面の鏡面に映る自分の顔を眺めている。頬を膨らませたり、口唇を歪めたりしていた。

「きっと薬のせいだよ。前の病院ではこれほど酷くなかったからな」

「薬が強い……」

岩見は言葉を呑み込んだ。彼自身、薬に関してどうすることもできないことを自覚していたからだ。

「薬を減らすよう、あんたから婦長さんに頼んでくれ。お願いだよ」

患者の方が病院内の権力構造を把握していた。それだけ婦長の権力は絶大といえる。精神医療を全く理解しようとしない彼女が病院を支配している限り、患者の管理が抑圧的になるのもやむを得ない。岩見の脳裏になかば諦めに似た感情が渦巻く。

精神病院の大まかな診療方針を決めるのは、原則的に治療責任者の精神科医である。病院全体の医療管理は院長が責任を負うことになる。経営に関しては、医療法人であれば理事長で、大方の私立病院は院長が理事長を兼ねていた。それは矢沢病院でも同じで、病院は年輪を刻むに従い院長の個人的な病理が具象化される。病院経営が矢沢院長の存在と不可分の関係で、彼の医療姿勢と深く関わりあっていると言っても過言ではない。そのように推察すると、この病院の諸悪の根元は院長自身ということになる。

岩見はそう考え、暗然とした気持ちになった。普段から漠然と考えてはいたが、良治の訴えによってそのことを回避してきたことが明確な画像となって浮かぶ。酸っぱい胃液が込み上げてくる不快感に襲われた。

5

患者の食事が終わったころ、見覚えのある中年女が二階の事務室に現れた。患者の夕食は常識ではとうてい考えられないような早い時間に配膳される。午後四時半ごろには患者はほとんど食べ終えていた。

女性は戸田久松の妻で、岩見がちょうど、電話で福祉事務所の担当者と生活扶助で入院している患者の援護方針について意見交換していた時、事務室に入ってきた。久松は数週間前、アルコール依存症で入院した患者である。彼女は不安な表情に満ちた顔で、手にしていたバッグからためらいながら白い封筒を取り出した。

「実はですね、こんな手紙が四日前にきたもんですから」

岩見はとっさに戸田がハトを飛ばしたと直感した。封筒の中の手紙を彼女から受け取りながら内心、ややこしいことが書かれているのではないかと予感した。閉鎖病棟の患者は、手紙類が婦長に検閲されているのを知っていたため、正規なルートを通さないで退院者や外泊する者に手紙を託した。

久松の手紙は「お前、元気か。本当にいい病院に入院させてくれたね」と怨嗟と皮肉を込めた書き出しから始まっている。

俺は今、本家の四郎さんが入院していた時と同じ部屋に入っている。四郎さんもこの病院に一年半ばかり、アル中で入院していたことが同室の患者たちの話で分かったよ。ウソだと思うなら本家の母さんに聞けばよい。その際、ここの病院がどういう病院であるのかも聞くといい。

四郎さんと当時一緒に入院していた人が、まだアル中で入院している。他の精神病院から回された升谷という病棟で一番の実力者だから、聞けばすぐ分かると思う。ヤクザのような患者の手下が沢山取り巻き、眼がギョロッとしている。本家の母さんに聞けば、分かると思うよ。升谷は国立大学出の秀才らしい。アル中になって方々の精神病院を渡り歩き、ここに住み着いたというよ。家族もいないらしい。この升谷より恐い患者が小田島という名前の患者。口髭を生やし、額に傷がある。この人も知っているかもしれないから、聞いてみたらいいよ。

患者の話だと、この病院に精神科の先生はいないそうだよ。東京から二、三ヶ月に一度の割合で来院するだけらしい。内科専門の先生が全部の患者を診ているという話だ。病院の責任者は日赤病院に勤めたことのある看護婦で、非常に年老いているが、この人がすべて采配を振るっている。俺なんか、入院後、まだ一度も先生に診てもらったことはない。本当に良い病院と思う。

俺のいる病室ではないが、夜中の十時にもなると、部屋の中はバクチ場に早変わりする。お金やタバコ、ウイスキーなどが賭けられ、夜中の二時、三時までやることもあるようだ。負けた患者は退院時、支払うか、家族に面会にこさせたり、自分が外泊した時、衣類の裏にお金を縫い込んできたりして、払うらしい。

製紙工場を退職して山田スーパーで働いていた渡辺さん、お前も知っているだろう。ここの院長と縁戚関係があるから、今この病院で看護人をやっている。夜に一回程度は病棟に顔を見せるけど、絶対、患者の部屋までは入って来ない。なんだかんだと文句を言えば、患者から酷い目に遭うから、渡辺さんは来ないよ。もっとも夜中だと、看護長を始め誰も恐がって何も言わないけど。だから、寝ないでバクチをすることができるんだよ。病棟の看護長もそれを知っていながら、先生に何も言わないらしい。

お前は面会に来る必要はないぞ。もしこの手紙が病院側にばれれば問題となる。この前なんか、面会に来た家族に病院の実状やボス患者たちの悪口を訴えた者が大変な目にあった。その患者は升谷の手下の患者に話を聞かれてしまい、家族が帰った後、袋叩きにされた事件があったよ。

俺はその現場を見たわけではないけど、殴った患者に混ざって看護人もいたらしい。その殴られた患者は胸の骨が折れてしまい、病院側は「風呂で転んで骨を折った」とその患者の家族に説明したらしい。本当に恐い病院だよ。

診断書に入院六ヶ月と書いてあったろう。会社に出した診断書だけど、俺の入院期間は多分、来年にずれ込むかもしれない。そういう病院らしい。とにかく面会には来なくていいから。入院費や小遣いを事務室で払ったら、何も聞かず、何も言わず、面会はしなくていいからすぐに帰れ。

余計なことを話して、もしもボス患者の耳にでも入れば、俺もただでは済まない。十分に注意してくれ。手下の村岡は狂暴なんで、手足の一本や二本は間違いなく折られる。一生働けなくなるかもしれないから、お前の肝に銘じておいておくれ。

今後のことは退院してからお前と充分に相談するつもり。俺もこれからは酒に注意するつもりだ。今は何も言うな、聞くな。会社に迷惑がかかるかもしれないからね。急いで書いたから、意味の分からないこともあるかもしれないが、本当に良くこの手紙を読んでくれ。頼むよ。最後になったけど、子供らのことは、よろしく頼む。

「手紙に書かれてあること、本当なんでしょうか」

久松の妻は不安な目を瞬く。岩見が読み終わるのを待ち構え、問いただした。

岩見は彼女と、誰も来ない外来室で応対していた。事務室で面談すると他の職員が仕事をするような振りをし、二人の話に聞き耳を立てるため、彼はそういう場合、患者や家族の秘密を守る立場から外来室を利用していた。

「病棟からこのような話は聞いておりませんけど……」

彼は苦しまぎれに弁解した。

「責任持って調べますので、もう少し、時間をください」

手紙の内容が全部、正しいとは思わない。確かに誇張に満ちた表現も見られる。しかし、総じて内容は間違ってはいない。真実であればあるほど、岩見は軽はずみなことは口にできないと思った。

「正直に申しまして、手紙の内容にびっくりしたようなわけです。とても信じられない……。手紙のことが、もし本当であれば、うちの主人も危害を加えられると思って、早く退院させた方がいいのではと……私もいろいろ悩んだ末に相談しにきたんです。ですから、うちの主人にはくれぐれも内緒にしてください」

「その点については、心配しないでください。看護の方にも戸田さんにも内密にしておきますから」

「主人、本当に気が弱いもので……何しろ精神科に入院したの、今回が初めてなもんですから」

細い目で不審そうな表情をしていた彼女の頬が、いくぶん和らいだ。気がつかなかったが、年齢相応に彼女の顎の肉はけっこう弛んでいた。

「二、三日したら電話いただけますか。それまでに調べておきます」

岩見は自分でも驚くほど、本心と建前を巧みに使い分けている自分を認めた。ただ、自分が知らない病棟の現実世界を逆に外部から知らされ、内心狼狽していた。

彼女が腰を浮かし、ドアを背に深々と岩見に頭を下げた。外来室のドアを押し、彼女が出て行った。それを確認し、岩見は預かった手紙を再度、読み返してみる。字面を追いながらどういうわけか、脳裏に鎌田吉太郎の顔が不意に浮かんだ。

6

翌日、岩見は昼休みに閉鎖病棟に行くと、デールーム内が騒然としている。一人の患者が北村勝子の白衣の胸倉をつかみ、今にも殴るような仕草をしている。患者は前日、保護室からやっと開放された良治である。

「バカなまねはよせッ」

岩見は周囲の患者を押しのけ、とっさに二人の間に割って入った。

「どうしたんですか？」

「どうもこうもないわ」

浅黒い勝子の顔が真っ青になって頬が痙攣している。

「良さん、だめじゃないの、看護婦さんにそんな態度をとれば。やっとの思いで保護室から出たのに」

「そうだけど、彼女の態度が我慢できなかったもんだから」

良治が落ち着いた口調で言った。

「ちょっと、看護人を呼んできて」

彼女が目の前にいた目尻の下にホクロがある患者に助けを求めた。

「茂木さん、ちょっと待ってください。そんなことしなくていいから」

岩見が患者を押し止めた。

「何よ、あんた！　なんの権限があってそんなこと言うの！」

勝子がヒステリックに眼を剥いて叫んだ。

「殴られたわけでないんだから、何もことを大きくする必要はないでしょうよ」

昼休みで、さいわいなことに看護詰め所に看護人の姿が見えない。岩見はそれを確かめながら、どんな理由があるにせよ患者が看護者に手を挙げれば、このまま黙認されるはずがないと思った。背中にじっとりと汗が滲むのが、肌着の不快感で知れた。

良治がこれ以上、保護室で懲罰を受けることは阻止しなければと岩見はとっさに思った。それも看護人が呼ばれる前にこの問題を解決しなければならない。焦る気持ちを感じながら、岩見は「安宅の関」の弁慶ではないが、芝居の勧進帳よろしく勝子の前で大袈裟に彼を叱った。

この蒸し暑い中でボクシングのグローブをはめられた老婆が相変わらず、ごみ箱を漁っている。額から汗がしたたり落ちる。それを手の甲で拭う。天井を見ると、何年も前からアンティークなアクセサリになっている大型の扇風機が恨めしい。

「あんた、看護のことは婦長さんが判断するのよ。婦長さんにこのことをいうからね。ケースワーカーのあんたの出る幕じゃないわ。余りいい気にならないで」

口惜しげにそう言うと、看護詰め所の方に歩を進めた。患者らは何事もなかったような顔をしている。デールームは何時もの喧騒な状態に戻った。誠太郎が何が面白いのか、一人で笑っている。卓球台に紐で繋がれた精神薄弱の老嬢が床にぐったりと横たわっている。

良治の腕を強引に引っ張り、岩見は洗面場近くのイスに座らせ、彼に事の顚末を詰問した。

「俺のわがままかもしれないが、頭がまだ、ぼうっとするんで、採血は明日にしてもらえないかと願ったんだよ」

「それで？」

「あの看護婦が強くだめだと断るもんだから、俺も意地になって血は採らせないって、呼ばれても無視していたんだ」

「採血ぐらい、どうってことないでしょう。なんでそう、むきになるの」

「そう言うけど、なんのための検査なのか説明もしない採血だよ。それに、むきになったのはあの看護婦の方だよ」

彼が保護室に収容されていた時は血圧や脈拍を測ることもなかったのに、閉鎖病棟の一般病室に戻ったとたん過剰検査ともいえる採血を行う。岩見は割り切れない気持ちであった。

「なんでまた、看護婦さんの胸倉なんか掴んだの」

「あの看護婦、俺に向かってなんて言ったと思う」

「さァ……？」

「また保護室に戻りたいの？って、ほざきやがった。それに、採血に応じないのであれば、婦長さんに頼んで、そうしてもらうからって、あいつは抜かした。俺もついカッとなって殴ろうとしたんだけど、殴る気持ちなんかなかったよ。余りばかにした態度をとるんで、ちょっと脅してみたんだ。俺がどんな気持ちであそこに入っていたか、あそこに入った者しか本当の気持ちは分からないよ」

良治は特に悪びれた様子もなく、苔の生えた舌で口唇を舐めながら素直に言った。

「タバコ一本、もらえないかな」

「ああいう態度は実際、まずいよ。それに保護室からやっと出してもらったんだから。こんなことで逆戻りしたんじゃ、つまらないじゃないか」

岩見は決して彼に同情するつもりでなかったが、看護婦の言動としては不適切と思えて、彼の心情を想い計った。彼女の言動には、岩見も普段から腹に据えかねていたので無性に腹が立った。ふいに良治の詠んだ川柳が脳裏に浮かぶ。

無人島に響き渡る波の音

岩見は勝手に無人島と決め込んでいたが、「無人灯」でも良いわけである。良治がそもそも彼の持っていたメモ帳を見て、川柳を口にした。保護室で詠み上げた五つの川柳は、彼が起居していた保護室と関係があるように思えた。
厚い鋼鉄製の扉に覆われた保護室の四方はセメント壁で、動物園の檻と同じ。その中に長期間、閉じ込められ、対人接触が極端に少ない良治である。何かを訴えるつもりで創作したのだろう。密室、孤独、監置、閉塞、自閉など……。自分の気持ちを率直に吐露する手段として川柳に託したものであろうか。

忘れ去る君のその声母の顔

この川柳だけは他の四首と異なる気がする。良治は肉親の「母親」を入れた未完成のトンチを二つ口にした。しかも彼が「母親を最初の敵と考える」と口走ってもいる。その真意は何を意味するのであろうか。自分の母親に対し、悪感情を抱いているのであろうか。古典的な精神分析によると、幼児期の最初の敵は男児であれば父親であり、女児であれば母親という。彼の場合、全くその逆である。岩見は彼の未完成のトンチを補作してみた。

「無人島」と掛けて
「母親のいない子供」と解く、その心は

「どちらも捨て去られたもの同士」
もう一方は、
「無人灯」と掛けて
「愛情のない母親」と解く、その心は
「どちらもただ存在しているだけ」

良治が心の奥底で自己存在の喪失感を抱いていたのであれば、彼の話した幼少時期の結婚式のできごとは何を物語るのであろうか。母親に捨てられたと錯覚した無力感か、それとも喪失感であろうか。何時も記憶の中の傷痕として脅迫してくると、彼が訴えていたのが気になる。

彼の母親が結婚式で抱いた子供とは、果たして彼が話すように他人の子供であったのであろうか。彼の弟のことのような気がする。母親の胎内から生まれた同じ子供でありながら、年下の弟だけが母親の愛情を独占した状況を思い浮かべることができる。精神的に変調を来たした時、良治は「お前たちは俺の親ではない」と両親に向かって叫んだという。これは明らかに血統妄想の症状である。彼の深層心理を探れば、無意識に敵と認める母親が抱いていた子供は決して弟ではなく、「他人の子供」と抑圧的な、屈折した心理が働いたのではないだろうか。

「良さん、ようやく保護室から出られたんだし、今度こそ家族に面会にきてもらうように連絡とりますか？」

「いいよ、そんなことはしなくて」

彼は言下に拒絶した。そして自分の熱い思いを一気に喋った。

「こんな病院に一度入院すれば、他人に分からないような行動をとると、また病気が再発したと言われる。肉親であっても、気持ちの悪いものを見るような顔で見る。世の中の視線はもう慣れたけど、俺が再入院した時、どんな症状であったと思う？　診察の際、俺の親や福祉の担当者は、俺のことをなんだかんだと言ったけど、結局は自分たちの都合の良いように話していたに過ぎないんだ」

彼の論旨が何を意図しているのか良く分からない。矢沢病院は入院依頼があれば、その時点で患者の症状がどうあれ、鎌田吉太郎が病院に半ばだまされ、診察もなく収容されたように入院が決められる。既往歴のある患者にとって入院時の手続きは、単なる儀式と同じであった。

「この病院に入院させられたのは、俺が自分の家にいれば、世間体もあって弟に嫁がこないからだよ。それで入院させられたんだと思うよ」

「そんなことはないんじゃないの」

「それは常識的な考えだよ。そう考えるのは無理のない考えと思うがな」

「………」

「この病院に入院する前、確かに眠りも浅かったし、家族にあたり散らしたこともある。怒鳴りもしたが、それが再発したと言われれば、何も言うことはないが、それは野球をやっていた高校時代だって、仲間を怒鳴り散らしもした。精神患者は意味もなく、怒鳴り散らすと思うだろう、それなりに意味はある。結局、両親の言うことに文句もいわずに従ったのは、口では言えないほど迷惑をかけたからなんだよ」

岩見は腕時計を覗いた。間もなく投薬の時間である。喋り疲れた良治は口の中が渇くのか、頻繁に口唇を苔の浮いた舌で舐めまわす。ふらふらした足取りで彼は洗面場に立った。水道の蛇口に唇をつけ、生暖かい水をがぶがぶ浴びるように飲み始めた。

「まだ、体が本調子でないようだから、自分の部屋で休んだ方がいいよ」

「俺の部屋は酒臭くてかなわんよ」

「酒臭い？」

岩見は自分の耳を疑った。戸田久松の妻が持参した手紙に消灯後の病室のことが赤裸々に綴られていたが、彼はとても信じる気持ちになれなかった。文面からアルコール依存症の患者が公然と飲酒し、けんかが絶えないことを恐怖をもって書かれてあったが——。

良治の言葉が岩見の淡い期待を微塵に打ち砕いていた。

7

良治が酒臭いと指摘した病室は妙に静まり返っている。病棟を陰で支配するボス患者が起居する部屋である。何時もなら気の利く村岡たちが夕食の献立作業を手伝う時間だが、彼は布団の上に新聞紙を広げ、足の爪を切っていた。岩見の顔を見ると、彼は一瞬、驚いた表情を示した。そしてお前は招かざる客とでも言いたげな目付きで睨んだ。

昨日は気が付かなかったが、彼の瞳は兎目のように真っ赤であった。

「なんか用か」

「鎌田さんの姿が見えないようだけど」

彼らの飲酒の事実を早々に確かめたい衝動に駆られていたが、慎重に対処しなければならないと身構えた。その前にもっと気になることがあり、彼に尋ねたのである。鎌田吉太郎がこの部屋で起居していたからだ。

「さァ、知らないな。それより」と村岡は、猜疑心の強い瞳で素知らぬ顔をして岩見の質問をはぐらかした。

「ここの病院は変わっているよ。精神病院だというのに内科の検査ばかりしているんじゃないか」

病室内には村岡のほか、蒸し暑いのに頭から毛布を被っている患者と顔にバスタオルを乗せた患者が寝ている。毛布を被った患者は、あたかもサウナにでも入っているような気分であろう。発汗を促してアルコールを体外に放出しているようにも見える。二人が寝ている枕元に近づいても、彼らは身じろぎもしない。毛布を被ったのが吉太郎だろうか。まさかそんなはずはない。しかし、彼はどこに消えたのであろうか……。

岩見は気づかれないように自分の鼻腔をそうっと広げてみる。大きく息を吸った。特に酒臭い感じはしない。

「看護婦に検査結果を聞いても、婦長に聞いてくれという。たまに婦長が病棟の中に入ってきたとき尋ねると、そんなことは先生でなければ答えられないと逃げる。先生に会わせてくれと頼むと、今度は忙しいので、後で話しておくと突っぱねる。ところが、そのことをいくら待っていても、さっぱり音沙汰がないのはどういうわけなの？」

村岡の毒舌を岩見は黙って聞いた。頭髪の生え際の剃りが無気味だ。彼の病院批判は岩見自身が普段、肌で感じていたことでもあったからだ。彼らの飲酒の事実を詰問するタイミングを計っていた。

「それで俺たちをこき使うことだけは抜け目がない。どうなってんだ、この病院は」

「おれなんか入院した翌日から、賄いに駆り出されたよ」と患者が毛布を剥ぎ、起き出して村岡の言葉を継いだ。

「もっともあそこに行けば、好きな物がけっこう食べられるから悪くはない。病院の周りの雑草取りよりはマシだけどな」

給食を手伝うアルコール依存症患者の主な仕事は、食器の洗浄から調理や献立作業の補助、食事を配膳車で給食室から内科病棟の各室に運ぶ仕事と、多岐にわたった。もちろん無報酬であった。患者の労働全部が「作業療法」という名目の使役である。患者の労働に対する対価は支払われていない。患者がそれでも文句を言わずに表向き従ったのは、病院側に生殺与奪の権利を奪われていたからである。

病棟の正常な管理をする上で、このような使役は患者と看護者の癒着の温床に陥る危険性が感じられる。更にはいびつな関係を助長する。歴史的に概観すれば、精神病院の持つ破壊的で閉鎖的な側面を打破するため、これまで多くの精神科医がさまざまな試みを実践してきた。欧州で「反精神医学」という言葉を最初に使った精神科医がD・クーパーといえる。彼が英国の首都ロンドン郊外の公立精神病院で、それらを克服するための実験を試みたのである。患者の疎外と隔離、それに巧妙な看護者の暴力や患者同士の暴力に満ち溢れた病棟で、精神分裂病者のため治療共同体を彼は創設した。その破壊的な側面をさらに打破しようと努力したのが、後年、反精神医学の教祖とも呼ばれたR・D・レインである。

彼は昭和四十年、ロンドンに「キングスレイ・ホール」という共同体を創設し、D・クーパーの目的を継承した。彼らの究極的な目標は、病院スタッフと患者という階層の格付けを排除することにあったらしい。

岩見が勤務する矢沢病院はD・クーパーが実践した治療共同体と一見、良く似ているように思えた。しかし、その内容において決定的に異なっていた。それは看護者と患者の階層構造を排除するという高邁な理想の実現ではなく、単なる看護者不足を補うための使役だけでしかなかった。矢沢病院は患者を無償で強制的に使役するだけで、そこには看護者と患者の「似非」信頼関係が構築されているだけで、患者の究極の目標である社会復帰、あるいは退院という餌の上に成立していた。使役は巧妙である。拘禁的な長期入院で病院側の指示に従順な患者を選び、寝たきりの内科患者の介護や点滴を支える役目にあたらせる。その多くは精神分裂病の患者である。あるいは閉鎖病棟から内科に転棟間近の患者に強要する。病院の内科は精神科の開放病棟も兼ねていた。

軽快した患者を選び、有無を言わさずに病院周囲の草取りや雑草除去などの雑用に駆り出すこともある。いずれにしても心優しい素直な患者に白羽の矢が立った。一方、賄いや配膳車の手伝いにはアルコール依存症患者が率先して動いた。看護者不足の病院側に恩を売って、療養生活が満喫できるからである。それに給食室で働くことは、食べ物にありつける。余り物をもらっては病室にお土産に持って帰ることができた。

「おいッ、くだらない愚痴はもうよせ。ケースワーカーが困っているだろう。恥をかかせちゃかわいそうだろうに」

「愚痴じゃないよ、この病院の実状を説明しているだけ…」

「いいから、お前がそんなこと、でしゃばって言うことではない。くだらない話はもう止《よ》せ。そろそろ薬の時間だろう」

声の主は病棟のボスの升谷であった。頭脳派の彼は、真新しい花柄のバスタオルを顔に覆ったまま横柄な口調で二人の患者の言葉を遮った。

彼の態度に岩見は緻密な計算があるように思えた。村岡らに全部まで言わせないところに病院の看護者をも黙らせる升谷特有の操縦法が隠されていた。病院の最大の弱点である精神科医が常勤してないことを村岡たちが言及すれば、岩見は弁解の余地がないと半ば諦めていた。明らかに彼が言葉に窮するのを承知で、升谷が他の患者を彼の目の前で威圧し、貫禄と力を誇示したのだ。

「クスリぃ！」

デールーム内で患者の叫ぶ声が響いた。

升谷は自分の顔に覆っていたバスタオルを払いのけ、ゆっくりと起き上がった。その目が赤い。

「鎌田さんの姿が見えないようだけど、どうしたんですか」

「あの爺さんか。知らんけど、だれか知っているか」

「………」

「病院の方で知っているだろう」

「………」

岩見は自分でも迂闊であったと思った。吉太郎のことが気になっていたとはいえ、患者に尋ねる前に看護者に確かめるべきであったと後悔したが、後の祭りである。

「あんた何か、勘違いしているんじゃないのか？　俺にそんなこと聞いてどうするの」

彼は余裕の作り笑いを浮かべて病室から出ていった。移り香が酒臭い。彼らは明らかに昨晩、飲酒したに違いない。岩見は不愉快に思いながら詰問できない自分にもどかしさを感じる。升谷の存在が、この病院では婦長と同様に途方もなく大きいことを痛感した。

頭脳派の升谷は普段から、他の患者が追従できないような巧みな話術を弄した。虚実織り交ぜたその話術に病棟のだれもが一目置いていた。病棟は大学中退の看護長の北村を除けば、中学や高校程度の学歴しかない看護者や患者の中で、升谷の国立大学卒業の学歴は病棟内で際立っている。事務長の直接の指示で、彼は書類の清書とか内科患者の投薬、レントゲン検査の助手など、看護人と大して違わない労働を作業療法という名目で手伝っている。彼だけは患者で唯一、労働の対価を得ていた。それは彼の医療費が滞りがちであったからだ。

なぜ彼を退院させないのかという疑問が湧く。岩見は以前、運転手の斎藤に聞いたことがある。

「病院は看護者の数が絶対的に足りないだろう? 升谷が他の患者に睨みを利かせていれば、精神科の病棟は安泰だからな。だから婦長や看護長らも彼のことは、大目に見ているんだろう」

斎藤が車中で、そう話したことを思い出した。升谷の背中を見遣っていた視線の先に良治の姿が瞳に止まった。長い間、拘禁されていたせいで相変わらずふらふらした足取りである。

岩見の頭蓋に閃光が走った。点と点の間に一本の線が動画となって結びつく。良治と鎌田吉太郎が線となったのである。

保護室へ走った。扉の鍵穴に金色のカギを差し込む。カギが鍵穴にうまく通らない。もどかしさを感じながら焦っているのが自分でも分かった。土着色の鋼鉄製の扉が軋みながら開き、薄暗い保護室の中の空気が彼の肌にまといつく。空気が澱んでいる分だけ、彼の胃と鼻腔を酷く刺激する。横たわる患者に近づき、その容貌に彼は瞳を凝らした。

岩見は思わず顔を背けた。患者の面相が余りに変わっている。彼が知っている吉太郎の顔とは余りに異なり、死んでいるのかも判別がつかない。毛布からはみ出た足首が妙に白い。彼は胸の鼓動が高鳴るのを感じた。

「吉太郎さん」

不安な気持ちを奮い立たせて吉太郎の名前を呼んでみる。

「鎌田さァん！」と再び、大きな声で呼んでみた。

腫れ上がった瞼が微かに動く。それにしてもなぜ、彼がこのような姿になっているのだろう。疑問を抱きながら横臥した足先の向いている壁の隅に視線を止めた。バルブの壊れた便壷に絶えず下水がだらしなく流れている。良治が口の渇きに耐え切れず、その便壷に顔を埋めて流れてくる水を飲んだ便器である。

「どうしたんですか？」

苦しげな吉太郎の歪んだ顔に、彼は屈み込んで聞かずにはいられなかった。

「あんたか……」

「何時からです。ここに入れられたのは」

「昨日の夜明け方だよ」

「痛みますか」

「ううん」

彼は聞こえないのか、焦点の定まらない瞳を岩見の方に向けた。

「叩かれたところ、痛みますか」

「あたりまえだろう」

彼の胸元の毛布をそうっと手繰り寄せてみる。着ている縮みのシャツにべっとりと血が付着していた。

「なんでこんな目に遭わなきゃならないんだ。あんたがこんな病院に連れてこなきゃ、こんな目に遭わずにすんだものを」

「それは……」

彼に返す言葉がない。娘のマミ子の顔が岩見の脳裏に浮かぶ。その言動も。

病院のライトバンの中で彼が必死に訴えたことは、ほとんど真実であった。――土地の問題でわしと奴らの意見が異なるんだ。わしが一生懸命に守ってきた土地と山林だよ。それを婿とマミ子が売ろうとしている。娘を殴ることがどこが悪いんじゃ――彼はそう話していた。その彼を斎藤と自分が騙すように病院に連れてきたのである。

マミ子の思惑はもちろん知らない。病院が彼を再入院患者ということで、医師の診察もなしに入院させた。カルテ上ではドクターの石川が診たことになっている。老人性痴呆症という診断名で彼の自由を最大限に拘束していた。否、そんな生易しいものではない。彼の人権を明らかに蹂躙している事実が目の前の現実であった。

病院の尖兵として仕事をした岩見は自分が病院の病理を形成しているような感じがした。無性に自分に腹が立つ。人間は他人の痛みや苦悩に平気で鈍感になることもあるが、医療や福祉の世界でそのようなことは許されないことだと思った。

「村岡たちが毎日のように酒を飲んで騒ぐもんだから、寝られなかったので注意したんだ。それが奴らの反感を買って、殴られたのさ。ここは病院だろう……」

彼の言葉が震えている。閉鎖病棟で彼と顔を合わせるのが辛かった。彼の瞳に憎しみの色が浮かんでいたからで、岩見はその瞳の輝きが終生忘れられない。横たわる彼を眼下にして絶望的な気持ちになった。

「大声を出せば良かったのに」

「ううん」

「大声で助けを求めれば良かったのに」

「何、子供じみたことを言ってんの。助けを求めたって、ここの看護人は知らない振りをするだけじゃないか」

「そんな……」

「こんな病院があるものか。お前だよ、この病院に連れてきたのは」

彼の激しい口調が四方のセメント壁に響く。

赤黒く腫れた顔を歪め、彼が岩見を睨みつけた。腫れ上がった目尻から溢れ出る赤い涙が岩見の胸を締め付ける。自分の中で怒りとともに何かが瓦解するのを感じた。

「すぐここから、この病院から出してくれ。こんな人殺しの病院では死なないぞ」

「……」

高い天井に乳頭のように突き出た豆電球が見える。小さな窓から射し込む光に反射し、幾筋ものクモの糸が輝いている。良治が夜明けの光で時間を計った窓である。

保護室の扉を開け放しの状態にしていたが、突然扉が不気味に閉じるような錯覚を覚えた。背後に人の気配を感じ、岩見が振り返ると、二人の看護人と婦長が注射器を持って彼の背後に佇んでいた。

三章　生と死の響音

1

内科病棟の各病室は営繕係の職員と閉鎖病棟の患者らで建てたという。内科は精神科の開放病棟も兼ねており、一番奥の大部屋は、比較的病状が安定した患者たちが生活していた。岩見は内科病棟に余り顔を出すことがなかったが、大部屋だけには比較的顔を出した。内科の寝たきり患者たちの支援や相談業務も必要であったのだが。

大部屋に足を踏み入れると、社会の縮図というより、社会から落ちこぼれた者の吹きだまりのような感じがする。症状が軽快し、精神科病棟から転棟した患者や他病院の内科から社会的な保護で入院している者、入院期間が六ヵ月以上経過したため、老人ホームの籍が切れた患者というように雑多であった。

岩見の視線には、患者がこの部屋を根城に一見安住しているようにも映る。しかし、患者らは健康な者には推し量ることのできない個々の悩みを抱えていた。大部屋の入り口近くの畳の上に座っている小柄な大熊が、便箋に何かを熱心に書き込んでいる。窓際に布団を几帳面に畳み、小さなちゃぶ台には墨汁と毛筆、それに仁丹や点眼薬、さらには味の素や醤油などの調味料が置かれてある。

「岩見さん、ちょっと」

大熊は背中を丸め、彼を呼び止めた。大熊は極端な近視で、小さな鼻に分厚いメガネを乗っけていた。

「最近、金銭がなくなるのだけど、どうしたものかな」

「お金が盗まれるんですか。困りましたね」

「わたしもだよ」

脳卒中後遺症で下肢に障害が残った女性患者が大熊に相づちを打った。大熊の向かい側で畳に布団を敷いて寝そべっている。壁際に何やら新興宗教の曼陀羅模様の絵柄の紙を貼っていた。彼女は新興宗教の信者で狂信的といえた。もっとも彼女にかかわらず、長期入院している患者の多くは宗教に依存的だった。

部屋は男女同室である。岩見は高齢の大熊だけであれば、とても信じがたい話だと思ったが、まだボケるには早い彼女も同じように被害を受けたのであれば、事実であるように思えた。

「看護者に話したんですか？」

「何度も喋ったよ、なァ」と大熊が向かいの彼女に同意を求める。

「盗んだ人は分かっているんだ。分かっていながら泣き寝入りだよ。口惜しいけど」

「盗んだ犯人が分かっているなら、簡単じゃないですか」

「簡単ではないんだな、これが」

　大熊がメガネのフレームに手を添え、言葉を濁した。

「そんなことはないでしょう」

「わたしたちは面と向かってその人に文句を言えないですよ」

「どうして？　誰ですか。分かっているならぼくに教えてください。ぼくの方から注意しますから」

「………」

　患者の誰もが口を閉ざしている。岩見は面倒なことになりそうだと、部屋の雰囲気から嫌な予感がした。ベッドで何時も新聞や書物を読んでいる山上がいない。彼なら真実を話してくれるはずなのだが。山上の隣のベッドで起居する相原大介が咳払いをした。福祉事務所の職員に付き添われ、救急車で直接内科病棟に運ばれた彼は、入院当時、相当に衰弱していた。

相原は内科の重症病室で、数ヶ月寝たきりの生活を余儀なくされた。名前も不明で、搬送当時の着衣に書かれていた名前から当初は別名で呼ばれた。その後、本人の記憶が断片的に戻り、今の名前に落ち着いた。生育地は岩手県で、本籍は東京都小平市という。それも不確かであった。

「メガネの調子はどうですか？」

「新聞も雑誌も、山上さんから借りて読めるようになったし、大助かりです」

老眼が進み、相原が新聞も読めなくなったため、岩見が福祉事務所に申請し、メガネの現物支給を受けていた。

「どうしたんですか、お隣は？」

「婦長さんに、昨日酷く怒られたらしい」

「どうしてまた」

「婦長さんというより、鈴木さんが酷く叱責したらしいよ」

相原が額の汗を拭い、やっと重い口を開いた。鈴木とは婦長の取り巻きの鈴木チエである。看護補助者になる前は病棟の清掃係をしていた。看護婦の北村勝子と同じく、婦長の腹心的な存在である。

「岩見さん」

相原が突然、岩見の顔を覗き込み、真面目な顔で尋ねた。

「恥という言葉の意味、知っていますか？」

「……」

彼は相原の言動を訝《いぶか》った。

「婦長さんもチエさんも、理由があって我々を注意しているんだと思うけど、看護する側だからって患者の心を踏みにじる権利はないと思う。我々だって懸命に生きているんだから」

「どうしたの急に？」

「恥という文字は辞典で調べれば解るけど、偏の『耳』を引いても恥は見当たらない。旁の『心』の部を調べるとそこに出てくる。つまり、この言葉は確かに心の問題なんだと気づきます」

「山上さんが怒られたのと関係があるの？」

「あります」

相原は膝に乗せた辞典の頁を括り、岩見に見せた。

「このように、辞典には自ら人間として未熟なところがあることを反省する気持ちと書いてあるでしょう。それと自省する気持ち。体面を重んじること。面目を失うこと。名誉の汚れることと、いずれも人間の心のことを述べているでしょう。どうですか？」

「そうですね……」

相原大介の胸の奥底に眠っている不満をかいま見たようである。看護補助者に命を助けられたという彼でさえ、そこまで断言するにはよほど腹に据えかねることがあるのだろう。

「確かに昔の人間は、恥を知らねば恥かかずとうまいことを言ったもんだ。人生からこの恥を欠けば、それこそ食うだけのために生きている虫けら同然のような気もする。いくら我々が戻るところがない者であっても、人間として恥ぐらいは大切にしたい」

南側の窓から強い陽光が射してくる。大部屋の通路になっている部屋の真ん中あたりまで陽光が射し込む。相原の肩越しでその光が踊っていた。

「山上さんは、チエさんに何を酷いこと言われたの？」

「けっこう外出するでしょう、山上さんは。それでこの病院の悪口を方々で喋っていると怒られたそうです。まったくの濡れ衣なんですが。心当たりがなかったので、彼は聞いたそうですよ、なんのことかと」

「……」

「この病院の悪口言うんであれば、他の病院に転院したらいいじゃないかと、外出して帰ってきたら婦長さんに詰め所に呼ばれ、チエさんと婦長さんに一方的に怒られたそうです」

「病院の悪口って？」

「さァ？　……最初は山上さんも黙って聞いていたようです。でも、なんのことか分からないでしょう、困ったようです。ただ二人の話しぶりから、毎日のように外出しているのが自分以外にいないので、その犯人と決めつけられたように感じたと話していましたけど」

「そんな無茶な話はない。あの二人は何を考えているんだろう」

山上は大学付属病院で右小脳の腫瘍を除去する手術を二度受けていた。命は取り留めたものの手足や言語、視野狭窄の後遺症が残り、数年後、彼は矢沢病院にその後遺症治療という名目で入院してきたのである。主診療が精神科のこの病院で、それらの後遺症を治療する設備も医療スタッフもそろっていなかったから、本人も納得の上での社会的な保護といえた。ただ、彼は良くリハビリを兼ねて不自由な足取りで外出していた。

「精神科の病棟の方で、何か事故でもあって役所から指導を受けたとか。聞いていませんか?」

「聞かないよ」

「人間には誤解というものがあるから、そんなことはいいんですけど、それより絶対に許すことができないこともあります」と相原の言葉は丁寧だが、彼は下唇を噛み締めた。

「チエさん、汚い手を使いますね。山上さんの両親、亡くなっていたんですね」

「………」

岩見が無言で頷く。

「肉親はたった一人の姉さんのようですね。その姉さんの夫の職場に、わざと彼女が電話するそうなんです」

「彼女って？」

「チエさんですよ」と相原は怒ったような顔をした。

「それもわざと、この病院の名前を言って。この病院の名前を言えば、誰だって精神病院とすぐに分かりますからね。多分、山上さんがチエさんの悪癖を以前から知っているので、嫌がらせですよ」

「考え過ぎじゃないですか」

「そんなことはないよ。何も義兄にまで電話することはないのに、彼女は、この病院が山上さん一人のため困っていると、言うらしいんです。それも電話で延々と。彼の姉さんが泣いて彼に小言を言うらしい。そのことを彼は打ち明けてくれたんです」

「チエさんの悪癖っていうのは？」

「大熊さんの訴えたことは本当ですよ。部屋で良くお金がなくなるのは……盗まれるのは、この病院にその癖のある人がいるってことですよ」

「それがチエさん？」

岩見は相原大介の顔を正面から見据えて尋ねた。

「平気でウソをつくような職員といえば、看護者の中で彼女しかいないでしょう。盗み癖は子供時分からで、彼女は近所で有名だそうですよ」

相原が確信を持って言った。岩見はそれを聞いて唖然とした。信じられないというより、そんな性癖のある彼女を患者の身の回りの世話をする看護補助者にしている病院の姿勢に腹が立った。

山上から借りた彼の個人詩集に収められた「ねむり」と題する詩を思い出した。

ねむりたいと思うのは魂の疲れを
一時いやすためだけのものか
それとも
それとも私の肉体の奥からの願望か
ねむることと死とは同じ意味なのか
あるいは生まれた時から
ぼくたちはねむるためだけ
「生」を生きているのか

ぼくはねむりたい

しきりとねむりたい

詩作を始めたのは高校三年からという。山上は母親の死を境に生活が一変した。母親の死は衝撃で、繊細な彼の心は詩作に励むことでようやく「生」と対峙できた。高校を卒業後、彼は郵便職員として市内配達の業務課に籍を置き、仕事にもなれた四年後、病魔に突然侵され、発病した。

彼の発病は今から十五年前となる。大学病院で手術を受けたものの右手の不自由さや平衡感覚は戻らず、歩く時は天秤棒を担ぐような調子である。発病以来、長い病院生活で彼は詩集を貪るように読み、詩を書くのが日課となった。

「詩を書くことは生意気なようだけど、僕の存在の確認のようなものなんだよ。社会とのつながりといえば、詩を書くことぐらいだから」

山上が岩見に心を許すようになったころ、彼はベッドの上でそう呟いた。

彼のこれまでの人生は生と死の極限状況を彷徨した人生と言えた。先日、彼は照れたような寂しい笑顔を見せた。そしてベッドの脇に置いてある原稿用紙の束から一枚手に取り、岩見にそれを手渡した。白い原稿用紙の桝目に不自由な手で書かれた彼の字が踊っていた。

たえ間なくゆらめく大地に
眠られぬ人間たちの群がり
傷つきやすい魂をひたかくしにかくし
短い時間を押して
卑屈な笑いの独唱《ソロ》を奏でる
哀しい過去の葬いのやすらぎの
無限に拡がる幻影風影よ
ぼくのものでも君のものでもない
ぼくたちの悪業
祈りきれない罪の汚辱に
なすすべもないあわれな人間たち
流れでる数々の声よ
血色の悪いそれらの叫びも
ぼくにとってはだいじな示唆なのだ
生きる者と死に向かう者の声
今ぼくの耳に交錯したそれらの叫びが

ひとに聞こえるのはなぜか

岩見は大部屋を出た。作業療法に使用する畑が内科病棟と閉鎖病棟に挟まれ、雑草の中からサツマイモの濃緑の葉が見え隠れしている。畝《うね》の消えた畑は精神科患者の作業療法に使用するはずが、その療法に参加する者がいなかったため、元気の良い内科患者の退屈しのぎに利用されていた。

内科病棟は一部二階建てで、奥の階段を上がると、部屋が二つ。県知事から内科の病床許可を得るため、書類上は看護詰め所と医師の仮眠室ということになっている部屋であった。西側の部屋には時たま患者のオムツや洗濯物が干してあった。彼が就職した当時、この部屋で一週間ほど自分のデスクを置いて仕事をしたことがある。病院側が彼の業務を理解しておらず、どこに所属させたらいいか判断しかねた暫定的な措置であった。

精神科患者の心理療法にもこの部屋が利用された。月に一、二度、土曜日の午後になると県職員の心理判定士がアルバイトにきた。土曜日は半休の事務職員が帰った後、白衣姿の男性が病院に現れたので、岩見は最初、精神科医と勘違いしたものである。

二階のこの部屋からは海が見えた。空が遠くまで晴れ渡っている。海岸線近くをうっすらと白い雲がたなびく。砂浜に自生するハマナスの花が広い原野に咲き乱れている。それを縫うように数十人の患者が散歩していた。

潮風が砂を吸い上げ、病院の窓を打つ。風は相当に強い。集団の中に白衣姿の看護者も見えた。集団から数十メートル離れた場所を誠太郎といつも卓球台に繋がれている老嬢の二人が遅れて、砂地に足を取られながら歩いているのが見える。背後に海が迫り、飛行機が間歇《かんけつ》的に飛び立つ。空港のモダンな建物に陽射しの強い光線が反射していた。

2

岩見が翌日、看護詰め所に顔を出すと准看護婦の涼子が一人で、午後の検温の準備をしていた。消毒液から取り出した平型の腋窩用体温計を乾布で拭きながら、体温計を机の受け皿に移し替える。その動作を見て、彼の脳裏に不吉な思いが過《よぎ》った。良治が保護室から開放されたと思ったら、その代わりに顔の変形した鎌田吉太郎が収容されていた。ある図式が浮かぶ。岩見は詰め所のドアを押し、デールーム内を横切って保護室の扉を開けた。横たわっていたのは吉太郎である。山上が無断外出したまま帰院してないのが気になる。

悄然として看護詰め所に戻ると、涼子が笑顔で「どうかしたんですか」と尋ねた。

「婦長はまだですか」

「午後から用があると言ってましたよ。チエさんと一緒に外出したようです」

「看護長も一緒？」

「そうだと思います。運転する人がいなければ行けないものね」

「なんの用で外出したんです」

「さァ……わたしたちと同じ部屋で食事をとらないから」

看護者らは宿直室で食事をしていた。婦長は自分の取り巻きの看護補助者のチエと看護長夫妻の四人で何時も給食室の隣室で食事をとっていたから、部下の看護者らと昼食を共にすることはなかった。

「多分……」

「分かるんですか？」

「わたしから聞いたって、絶対言わない約束をしてくれるなら」

「それは約束するよ」

「絶対よ」

涼子はそう言いながら、不安に駆られるのか、額から流れる汗を手の甲で拭いた。

「事務長さんと相談して決めたんでしょうけど、外出は多分、金網を買うために出かけたんだと思うわ」

「何に使うために？」

「病棟内にアルコールが入ってくるのを防ぐためだと思う。鉄格子の窓を金網で塞ぐのだと思うの」

彼女の話を聞いて驚いた。最近の精神医療は管理、拘束から開放化に向け、県内の精神病院でも閉鎖病棟から開放病棟へと大きく踏み出している。岩見はこれでは時代に逆行するだけじゃないかと暗澹とした。

「酒が院内に持ち込まれるのは、窓だけとは限らないだろう。患者の話だと、牛乳パックに清酒を入れ、それを密封して持ち込む例もあるそうですよ。食パンを刳《く》りぬき、その中にウイスキーの小瓶を入れ、持ち込んだ話も聞くよ」

鉄格子の上にさらに金網で窓を塞ぐという発想がどうして生まれるのだろう。この病院の幹部は何を考えているのだろうかと、義憤にも似た気持ちが生じていた。

「確かに、外泊外出からの帰院時チェックはルーズだものね。特定の患者さんのチェックはしないし、見て見ぬ振りをしている看護人さんがいるから、泊り勤務の時は正直言って恐いわ」

涼子は以前、患者に電話をかけさせてほしいと婦長に懇願していた。この病院の看護婦では珍しいことである。その患者は結局、彼女の尽力にも関わらず電話はかけさせてもらえなかったが。

「岩見さんに前から聞きたいと思っていたんだけど、ケースワーカーってどんな仕事をするの。失礼な言い方ですけど」

「看護者にぼくはケースバーカと言われているみたいだからね」

「そんな……」

「いいんだよ、君は分からないかもしれないけど」

岩見は自虐的に声を立てて笑った。

「病院の営業マンみたいなもんだよ」

「営業マンなんですか？」

「そう。もっと言えば、人さらいと言った方が的確かな」

岩見はかつて事務次長の矢沢に「ケースワーカーというのは営業マンみたいなもんだな」と揶揄されたことがある。院長の末弟である彼の言い草に不快感を覚えたが、他人にはそう見えるらしい。精神病院の職員でありながら、ケースワーカーの日常業務も知らない矢沢に反撥する気は生じなかった。金銭勘定しか関心を示さない彼の言動を半ば無視した。それ以上に、営利を追求しなければならない民間病院に勤務するケースワーカーの宿命のようなものが、彼の言葉に内包されていた。

民間の精神病院に勤務するケースワーカーは、常に患者を満床にしなければならない立場に置かれている。なぜそうなのか――。精神科のケースワーカーは入退院などの各種相談、家族や職場の受け入れ調整、患者の社会復帰の支援や援助、療養上の問題調整など多岐にわたることから、岩見はケースワーカー自身の業務の性格に問題があると思った。

特に「インテーク面接」で、保健所や福祉事務所などの公的機関からの入院依頼、情報交換を行う機会が多い。対外的にもその病院の顔となりやすく、入院依頼の窓口となるからだ。私立病院は赤字経営では成立しない。その意味で患者を多く集めることのできるケースワーカーは、経営者から手腕があると評価された。

「内科の山上さんの姿が見えないけど、どうしたのか分かりますか」

岩見は気になることを彼女に尋ねた。

「数日前から確かに見当たらないわね。婦長さんからは特別指示はなかったわよ」

注射の際に使うアルコール綿を作るため、涼子は綿を千切り始めた。

「婦長さんに怒られたようなんだけど、どんな理由だったの」

岩見は二人だけなのを確認し、低い声で尋ねた。運転手の斎藤から、権勢を振るう婦長に表面上は別にしても、若い涼子ともう一人の看護婦が不満を抱いていると聞いていたからだ。

「事務長さんから山上さんを早く退院させた方がいいと、婦長さんが言われていたみたい。役所などに病院の情報が漏れるのは、あの人が手紙でも出しているんじゃないかって、話していた」

「役所の人と一番顔を会わせるのはぼくだよ。ぼくも疑われているのかな」

「………」

「手紙を出したという証拠でもあるの？」

「多分、ないでしょうね。あの人はそんなことをする人でないわ。きっと婦長さんたちのあて推量じゃないの」

「そんなことで患者が怒られたんじゃ、たまったもんじゃない。小耳に挟んだのだけど、チエさんが調子にのって酷いことを言ったらしいね」

「ショックだったと思うわ」

「何を言ったの、彼女は」

「わたしの口から言うの？」

「頼みます」と彼は真面目に頭を下げ、彼女にお願いした。

「………」

「彼の名誉にかかわることですから」

「仕方ないわね、岩見さんにかかっちゃ。山上さんのお姉さん、どうもお父さんに暴行を受けたことがあるらしいの」

「暴行?」

「……父親に犯されたらしいの」

涼子はそんな言葉を口にし、頬を赤らめた。

「お姉さんは母親の連れ子で、山上さんとお姉さんは異母兄弟らしいの」

「ほんとうですか?」

「異母兄弟であるっていうのは間違いないと思うわ。信じられないでしょう。この場に居合わせたわたしでも、まだ信じられないもの、無理ないわ」

「仮に本当のことでも、それをみんなのいる前で言うかな。彼女はどういう神経をしているんだろう。何を証拠にそんなことを言いふらしているわけ?」

「さァ……。あの二人、むかし近所同士だったというから」

涼子は長い髪を掻き上げ、手にしたナースキャップを被った。彼はその動作が妙に艶めかしく見えた。

「爪切り貸してくれェ!」

患者の叫ぶ声がし、岩見が振り返った。看護詰め所とデールームを遮断する壁に、床から一メートルほどの高さに駅舎のカウンターのような小窓が見える。患者が夜間、病状などを訴えるための小窓で、ハサミや針など危険物を受け渡す小窓でもあった。患者は窓口に顔をくっつけ、叫んでいた。

「今日は風呂の日だから、今のうちに借りておかねば。風呂上がりだと、なかなか順番が回ってこないからな」

「ちょっと待ってね」と彼女は患者に断り、危険物の置いてある棚を探した。

「危険物の貸し出しは、検温が終わってからだろう？」

背後で看護人の声がした。彼女は思わず棚から爪切りを床に落とし、伏し目勝ちに看護人に謝った。彼は患者の近くまで行き、強い口調で言い放った。

「お前、昨日も借りただろう。手の爪なんか、なんにも伸びてないじゃないか。規則守れないようだと、退院は無理なんだよ」

患者の顔が曇る。彼は屈辱的な顔をし、無言のまま看護人に背を向けた。アルコール依存症の村岡が誠太郎を殴った時、脇にいた看護人で、口臭の強い息を吐きながら涼子に視線を移し、講釈を垂れた。

「あんたみたいに若い看護婦はこの病院では珍しいので、あのように必要もないのに声をかけてくる。注意しなければな。意地が悪いようだけど、規則を破って患者に都合をつけると収拾がつかなくなる。他の看護者に迷惑がかかるからな」

「すいません」

彼女が再度、頭を下げた。

「患者の便宜を図った人が良い看護者で、病院の規則を守った人が患者から不平を言われる。要は看護者全員が足並みをそろえなければ、精神病院では危険だということ。それだけ精神科っていうところは面倒臭いけど、慣れればどうってことないから」

「分かりました……」

涼子は納得顔で頷く。看護人の顔に満足した表情が読み取れる。岩見は自分にあてこすられたように聞こえ、不愉快に感じた。看護という字が頭に浮かぶ。「看」は手と目の合体である。「護」はまもること。看護とは、所謂「患者を手と目で良く世話する」という意味じゃないのかと思った。

3

婦長の机の上の院内電話がけたたましく響く。

「岩見さん、事務室から電話ですよ」

受話器を手にした看護婦が彼を呼ぶ。彼女から受話器を受け取る。電話の主は矢沢次長である。「相談者がきているので、事務室に至急こい」と催促された。

開院時、玄関を挟んで両側にあった事務室や医局、薬局などの管理棟は、現在内科の寝たきり患者の病室群に変わり、事務室や医局などの管理棟は廊下を挟んで別棟に建てられていた。事務室には鉄骨で支えられた屋根だけの廊下を渡って行くのである。別棟の管理棟は大工崩れの営繕係と精神患者たちによって簡易に事務室や薬局、医局など五部屋が建設され、病院の正面右側に位置していた。

前方から見覚えのある乗用車が走ってくる。看護長が運転し、隣にチエが座っている。後部座席までは見えないが、乗っているのは多分婦長だろう。涼子の話だと、閉鎖病棟の窓を覆う鉄格子をさらに金網で塞ぐため、彼らはその注文に出かけたのだという。

狭い階段を岩見は急いで上がる。事務室のドアを押した。彼の机の脇に見知らぬ人たちが立っていた。

「相談者だよ」

「はい、わかりました」と彼は次長に返事をし、その見知らぬ人たちに目礼した。

「どなたのご家族でしょうか」

「鎌田吉太郎という老人が入院していると思うけど」

「………」

岩見は緊張した。彼の隣は運転手の斎藤の席で、院長婦人の買い物にでも付き合っているのか、斎藤は不在である。

「すみません。ちょっと階下の部屋の方でお話をうかがいますので、すみませんが……」と岩見は、彼らの名刺に視線を落としながら階下に促した。

病院には相談室がなかったので、彼は患者やその家族の秘密が保持されるよう、外来室を良く利用した。外来室は内科の重傷患者の病室の裏側で、日陰になっていたから日中でも薄暗かった。彼は部屋に入る前にドアの脇の壁に設置された電灯のスイッチを押した。背後に佇んでいるのは、ゴルフ場開発に反対する会の人たちであった。岩見の脳裏に不安が過る。どうして彼らは面会を求めてきたのだろう。

外来室のドアを開け、岩見は思わず息を呑んだ。暗い部屋に電気も点けずに、ミスター八十マンが診療机を前にぽつんと座っていたからだ。

「こんな所で、先生どうしたんですか」

「なじみの患者がまだこないもんだから、こうして待っているんじゃないか」

「何言ってんですか」と岩見は戸惑いながら、背後を振り向いて言った。「ちょっと待ってください」と彼は再び頭を下げた。

「………」

吉太郎の知人らは怪訝な顔をしながら頷く。

ミスターを急かすように、腕を掴み無理矢理席を立たせた。不満そうな顔をするミスターは、まだ町立診療所の勤務医のつもりなのだ。岩見は未練たっぷりの顔をした彼の手を引っぱり、医局に連れて行った。医局では、医療事務員兼秘書の久美子が、ドクターの石川の背中に被さるように洗面所で彼の頭髪を洗っている。洗面所は衝立てで仕切られ。医局の入り口からは見えない。岩見は額に汗が滲むのを感じた。

「先生、岩見さんが見えましたよ」

久美子が舌足らずの口調で、石川に甘えるように言った。

「なんの用だ」

「用というわけではないですが、患者の鎌田吉太郎さんのことで相談者がきたもんですから、隣の外来室を借りようと思って」

「鎌田……」

「はい。老人性痴呆症の入院患者です。保護室に……」

「それならお前でいいだろう。病状を聞かれたら、まだ退院できないとでも話しておけばいいから」

久美子に洗髪してもらいながら、石川は岩見の話を最後まで聞かずにそう言った。岩見は丁度良い機会だと思い、山上のことを尋ねてみた。

「無断離院した山上さんのことですけど、彼は生活扶助で入院していますから、福祉事務所の担当者に一応連絡しておきますか?」

「それは婦長と看護長に相談してくれ」

「でも……」

「先生は忙しいのよ。これから入院患者全員のカルテをチェックするのよ」

久美子は昨日、事務室に顔を見せた。昼休みに新聞を読んでいた矢沢次長の隣に座り、「北村先生にも困ったものだわ」と、室内にいる職員全員に聞こえるような声で、医局のできごとを得意げに話した。

「北村先生が今朝、わたしの顔を見て言うのよ」

「何を?」

彼女に気がある次長が関心を示した。彼女は自慢の巨乳を揺らし、笑いをかみ殺してそのできごとを紹介したのである。

「北村先生、わたしに向かって、そろそろボケないための本でも買って読むかなって言うの。医局に石川先生もいたから、二人で大笑いしたわ。だって、前日、そのボケない本を頼まれて、買ってきたばかりなんだもの」

外来室に悲壮な気持で戻り、岩見はゴルフ場開発に反対する会のメンバーと対面した。岩見の斜め向かいの端正な顔立の男があらためて背広の懐から名刺を取り出し、彼に差し出す。先ほど別の男からもらった名刺と異なり、その名刺には市議会議員の肩書きが刷り込まれている。彼は市民運動家でもあった。

「鎌田さんは我々のメンバーなんですよ。数年前まで、彼はあの地域の土地改良地区の理事長をやっていた。もともとあの地域を開墾した中心人物は鎌田さんの先祖で、土地改良区の名前もそのお爺さんの名前を取っているんです。あの集落から急に鎌田さんの姿が見えなくなったんで、我々も心配していたわけですよ。やっと、この病院に入院していることを突き止め、こうして『反対の会』の会長さんたちと面会にきたわけです」

「面会は一応、病院の規則で、家族……保護義務者でなければ原則的に面会できないことになっているのですが……」

苦しい抗弁だった。岩見の背中が冷たい汗で濡れる。

「そんなバカなことがあるか!」と会長が激昂した。

「娘さんが保護義務者ですから、彼女の委任状のようなものでもあればいいのですが」

「娘っていったって、マミ子は入院したよ」

「えっ？」

「彼女は精神病院に入院したよ」

「どこにですか？」

「はて、どこの病院だっけな」

会長がぶっきらぼうに答えた。

「市立総合病院の精神科じゃなかたの」

頭髪を七三にきちんと分けた市議会議員が物静かに補足した。

「そう、そう」

鎌田吉太郎が入院する際、保護義務者を血縁者のマミ子にするため、その選任手続きを行った。家庭裁判所から彼女を保護義務者に認める通知が病院に届いていた。岩見は今更ながら、選任手続きはいい加減なものだと実感した。

「入院したのは何時ごろだったんです？」

「ここに吉太郎が入院してから、一ヵ月程度のもんでなかったかな。もっとも、この病院にいつ入院したのか本当のところ分からないけど」

「………」

迂闊であった。マミ子に最初に会ったときの言動が蘇る。「食器を消毒していたから」と、こちらから尋ねないうちに彼女は言い訳をした。そんな弁解がましい言葉より、洋サロンの肩紐を外したその手にしゃもじが握られていた。岩見はそのことの方が印象的だと思った。顔の表情に余裕がなく、瞳が異様に輝いていたような気がする。そして車内で幾度となく「秘密が盗まれる」と囁いた。その言動の方が奇妙である。病院の車庫の裏に隠れるように潜み、「電波で直接、神様がわたしにお告げを流してくる」と意味の分からない言葉を口走ってもいる。いま考えると、それは紛れもなく入院患者の茂木と同じ電波体験のような気がする。精神分裂病の症状とも言えた。

「失礼ですが、分かっているなら教えていただきたいんですけど、彼女はどんな状況で入院したんですか?」

「近くのスーパーに買い物に行って、陳列棚に置かれた果物を指差し、毒が混入していると騒いだらしい。詳しいことは良く分からないが。店員も近くにいた客も、最初無視していたらしいんだが、余り騒ぐもんだからライバル店による営業妨害ではないかと、警察を呼んだらしい」

「警察も要領を得ないので、市立病院に連れて行ったらしいね」

会長の話を引き継ぎ、市議会議員が説明した。

「そうそう。それでもしかして……」と会長が自分の側頭部あたりに手をやり、指で輪を描いた。

「………」

彼女の行動は被害妄想に操られたものに違いない。彼は大きな溜息を漏らした。

「マミ子さんは、父親の入院は世間体が悪いから入院したことを親戚にも誰にも知らせないと話していたんですが」

「だから我々も苦労したのよ。吉太郎は元気だったし、この病院に入院しているとは予想もつかなかった。当初、温泉か旅行にでも行ったのかなと気楽に考えたものだよ」

「誰からこの病院のこと聞いたんです?」

「あの婿にだよ。最初は旅行に行ったなんて白を切っていたんだが、あいつをしつこく問い詰めたのよ……。婿の分際で何を考えているのやら」

年配の会長より比較的若そうに見える中年の男が、得意そうに打ち明けた。

彼らの住む集落はゴルフ場をめぐって隣同士が反目し、亀裂を深めていた。住民間だけではなく、世代間の考えの違いから家族内の対立も浮き彫りになり、大規模開発の是非に揺れていた。市行政に提出した反対陳情書には、「町内に反対者がいるのにも関わらず、住民が満場一致で賛成したことになっている。承知していない土地の売買契約書が偽造された可能性も否定できない」とある。

開発計画の陰の部分で複数の政治家や巨額の資金が動き、開発業者が借財返済で暴力団のフロント会社から融資を受けていた実態などが明るみに出ていた。更に訴訟にまで発展する気配が濃厚で、業者側はゴルフ場開発の推進派に対し、協力金の名目で個別に水道負担金を肩代わりする約束までしていた。ゴルフ場開発問題を端緒に地域の上水道敷設問題が浮上し、市役所の担当課を巻き込んだ開発汚職に発展しそうな気配であることを、岩見も新聞報道などで知っていた。

地域の土地問題が家庭内騒動の〝種〟になり、鎌田家もその例に漏れず親子で対立していた。娘夫妻が開発推進派で、吉太郎は反対派。吉太郎を入院させる際、マミ子はそんなことはおくびにも出さなかった……。

「どうしても会えないのか」

「わたしの一存では……」

吉太郎が保護室に収容されているとも言えず、岩見はこの場面を回避することに神経が集中していた。

「それじゃ、先生に会わせてもらえませんかね」

市議会議員が丁寧な物言いで促した。

「精神科の場合、本人の人権を守る意味から、保護義務者の了解が得られなければ面会を許可していないんです。それに患者がこの病院に入院しているかどうかについて、実際は話せないんですよ。すいませんが、どうか分かってもらえませんか」

「そんなバカなことはないだろう」

「それは、患者を退院後の不当な差別から守るためなんです」

岩見はそう説明しながら、自分も婦長のような存在に変容していることを実感した。その反面、この病院で生じていることを正直に話したい衝動に駆られていた。

「吉太郎は本当に病気なのか」

「病気だから入院しているんじゃないですか」

「最近まで元気に我々と活動していたのに、どうして急に頭が変になるんだよ」

「それは先生でなければ……」

「それだから先生に会わせてもらえないかと、お願いしているんですよ」

岩見の説明の弱点を突き、市議会議員が再度促した。

「………」

「なんだよ、お前。それともこの病院には担当の医師がいないんじゃないか？　議員さんもきているんだよ」

「まあ、まあ」と市議会議員が制した。

医師は不在であるのと同じと言える。しかし、そんなことは口が裂けても言えない。吉太郎が他患に殴られ、保護室に監置されていることさえ、閉鎖病棟に入ることのないドクターの石川は知らないだろうと推測される。

4

佇んでいるだけでだけで体全体に汗が滲んでくる。真夏の暑さは暫く続きそうである。潮風が鉄骨の柱の剥き出した渡り廊下から吹き付けてくるのが心地良かった。岩見は暗い気持ちで医局のドアを押した。

「失礼とは思わないの？　もう一度、言ってみてよ！」

「ええ、何度でも言ってやるわ！　先生はもう、あなたに愛情はないのよ」

「なんの権利があってそんなこと言ってるの！　あなたがそういう態度なら私にも考えがありますからね」

見知らぬ女性が小犬を抱え、医局秘書の久美子と怒鳴り合っていた。頭髪を茶色に染めたその見知らぬ女性は、石川の妻であった。久美子よりやや大柄である。妻のこめかみが痙攣するのが医局の入り口に佇んでいる岩見にも見て取れた。

「なんだ、急用なのか」

大きな目をことさら大きくし、石川は迷える闖入者に顔を向けた。二人の女性たちも一様に岩見の方に顔を向け、困惑した顔をした。

「急用って言えばそうなんですが、患者のことで」

「入院の依頼か？」

「いや、そうではありません」

「それじゃ、なんなんだ」と石川が苛立たしい声で急かした。

「あなた、職員の方が仕事の用でいらしたのに、そんな言い方はないでしょう」と石川の妻が夫を咎める。

「仕事のことには口を挟むなと言ってるだろう。お前には関係のないことだ」

「それじゃ、こんなつまらない女なんかを相手にしないで」

「悪かったわね、つまらない女で。こんな女を好きだといってくれたのが、あんたの旦那様よ」

「おいおい、自分の立場があるだろう。それにそんなことは喋ってないぞ」

慌てた様子で、石川が久美子の言葉を否定した。

「何よ、先生。奥さんの顔色伺って。いつもうちの奴は気位だけ高くてかなわないって言ってるじゃない。この人とは別れるんでしょう？　はっきり言ってよ」

悄然とする石川の意を介さず、久美子が大きな乳房を揺らし、泣き出しそうな声で彼に訴えた。

石川は東京医科大学専門部を昭和二十九年に卒業。三年後に医師国家試験に合格し、東京練馬区の病院勤務医時代に結婚。その後、三度の結婚を繰り返していた。彼は生まれ故郷の長崎県で自分の診療所を開設したが、三年で廃院。兵庫県尼崎市、愛媛県松山市、沖縄県名護市の各診療所や病院の勤務医が長く、東京船舶会社の船医勤務も経験していた。

運転手の斎藤によれば、石川を評して「行く先々で子供を孕ませている」ということだ。実際、妾腹の子供も含め、彼の子供は九人はいるらしい。それが、流れ者医師の勲章のようであった。

「君はまだそこにいたのか。まだ用があるのか？」

石川が岩見に話の矛先を振った。

「はァ……、鎌田さんのことで、やっかいなことが起こりまして」

「しつこいな。いま、それどころじゃないことは、君も分かるだろう」

「そうは言われましても」

岩見は伏し目勝ちに抗弁した。

医局内は修羅場と化していた。そんな中にあってもミスターは泰然としている。否、泰然というよりも恍惚とし、自分に割り当てられた机に肘を突き、彼らに口を挟むことなく目を白黒させていただけである。

「あなたって人はッ、ちっとも変わってないわね。勝手にしてよ！」

小犬を抱いていた石川の妻が突然、その小犬を夫をめがけて放り投げた。小犬がキャンと哭き声を上げる間もなく床に転がった。不意をつかれ、狼狽する夫を尻目に彼女は素知らぬ顔で医局を出て行った。閉鎖病棟の異常は分かる。しかし、この病院は中枢の医局までもが異常である。痴情絡みの恋の三角関係で修羅場と化し、余りにも世俗的といえた。

今更ながらこの病院は狂っていると、岩見は割り切れない気持ちを抱きながら堪えようもない腹立たしさと胸の疼きを感じ、医局のドアを閉めた。正面玄関の脇に建っている車庫の近くの部屋が霊安室である。内科の寝たきり患者の病室にもなるし、内科重症患者が薬剤を呑み込めないため、看護補助者らがその薬を粉砕する仕事場にもなっていた。

霊安室は看護者の宿直室とレントゲン室に挟まれた小さな部屋で、白いライトバンがその霊安室の前に駐車していた。外来室ではゴルフ場開発に反対する会のメンバーが岩見の帰るのを首を長くして待っているはず。しかし、岩見は気になってその車の方に足を向けた。

駐車していた車は大学付属病院のライトバンで、身寄りのない内科患者の遺体のほとんどは大学病院へ献体される運命にあった。矢沢病院から連絡を受け、大学側で患者を引き取りにきたようである。

矢沢病院の看護者と大学の職員らが白木の柩をライトバンに乗せるところであった。

「柩の中は誰ですか？」

岩見は背後から看護婦に聞いた。

「あッ、岩見さん」

涼子が彼の方を振り返った。

「内科の重症病棟に入院していた酒井さんよ。かわいそうにね」

「………」

酒井銀之助は、吉太郎が前回、この病院に入院した時の同室者である。吉太郎が退院した後、間もなく浴場で転倒し、足首を骨折したのである。それに加え糖尿病などの持病も悪化し、内科の重症病室に転棟していたのである。その酒井から預かった手紙を娘の不始末で焼失してしまった吉太郎は彼との約束を果たせないまま再入院し、保護室に収容されている。献体者として医学生の死体解剖の実習に供せられる酒井の運命を、保護室に幽閉されている吉太郎は知る由もなかった。

酒井の看護記録には、老人ホームの生活指導員宛てに出そうとした手紙が貼ってある。手紙にはこう書かれていた。

一筆啓上　近日中に面会に来て二、三日の外泊を願って下さい。私の居る病棟は精神科の病棟で頭が痛くなります。園長さんとも話がありますので、退院はできなくとも、是非病院側に外泊を願って下さい。一生のお願ひです。

先月から病院の薬が替わったので、市内の薬局において調べて貰ったら、若返る薬だといふてきました。私の病気は何もありません。それに入院して居ることは実に苦痛です。是非、外泊を貰って下さい。くれぐれも御願ひ致します。

お会いしてから詳しいお話しを申し上げたひと思います。園長さんにも良く良くその点をお話し下さい。御願ひします。

吉太郎が岩見らに拉致された車中で訴えた「養老院の先生に騙された患者がいる」というのが酒井である。岩見がこの病院に就職した時、酒井はもう内科病室で寝たきり患者であった。岩見は彼の破天荒な人生に興味を抱き、福祉事務所や老人ホームから生活歴などを取り寄せていた。

酒井は岩手県盛岡市で六人兄弟の五番目に生まれ、家庭は裕福で子供らが希望すれば玩具など、なんでも買ってもらえるような幼少時期を送っている。家業は陸軍に食糧などの雑貨を納入する業者である。保守的な祖父は厳格な人間であったらしい。旧制中学の入学日、新入生全員の身体検査が行われ、尋常小学校時代から身体が頑強な彼は、検査で当然、甲種合格。ただ、検査官に「お前、体は大きいがキンタマに毛が生えていないな」と笑われたという。その時からかわれたことは、後々まで頭から離れることがなかったようだ。

中学三年生になって後年の音楽活動のきっかけとなるバイオリンを習い始める。バイオリンを習っているうち、その先生の自宅に住み込んでいるお手伝いと親密な関係を結ぶ。彼女と世帯を持とうと家出。すぐに父親に発見され、実家に連れ戻される。学校は不登校となり、中学は除籍のような形で中退し、次兄が経営する青果卸業の手伝いをするため、隣県の仙台市に出奔。最初のころは真面目に仕事をこなしていたが、青果卸業に慣れるにつれ、夜になると頻繁に歓楽街の料亭に出没する。次兄と度々衝突するようになったという。

仕方なく次兄の元から去る決意をし、親の勧めで遠縁にあたる青森県八戸の雑貨商の婿養子となる。二十五歳の時であったが、結婚生活は長く続かず、三年後に離婚。原因は「妻が子を宿せなかったから」という。その後、酒井は自ら音楽研究会なるものを組織し、本格的な音楽活動に入る。各地の劇場や小屋がけなど地方巡業。そのころに知り合った女性と同棲する。それも間もなく破綻となる。女性との別れ話からカルモチンを服薬し、自殺未遂を起こしたのである。

酒井自身の言葉を借りれば、彼女と分かれることになって自殺を図ったのではなく、「自分に子種がないことを知ったショックから」という。その後も彼は勤めた会社の社長の妾と深い関係に陥ったり、人妻と肉体関係を持ったりと、華やかな女性遍歴を重ねた。最後に関係した人妻とその夫から逃げるようにして上京。二人は内縁関係を続けながら各地の旅館やホテルの住み込みとして流浪の日々を送ってきたのである。その女性が亡くなり、年老いた彼はかつて生活したことがあるこの都市に舞い戻り、そこの老人ホームに入所したのだ。

岩見が彼を見知った時は寝たきりの植物患者で、仮に婦長から退院の許可を貰ったとしても、老人ホームに戻ることは不可能であった。彼の入所措置期限はとっくに切れていたからである。酒井の根無し草のような人生は果たして幸福であったのであろうか……。善悪は別にしても、自由奔放に生きた彼の後半生は決してそうではなかったように思う。特にこの病院に入院してからの彼の人生は、悲惨としか言いようがない。

自由気ままに風に吹かれるように生きた彼にとっては、規則だらけで閉鎖された空間で生きることは堪えようもない辛いものであったと思う。

霊安室の小部屋から婦長が外履きに履き替える姿が見える。小柄な婦長に大学の職員が頭を下げながら白い封筒を渡している。便宜を図ってくれる彼女に対する謝礼と思える。その金は婦長の裁量で、死者の清拭などを行う看護補助者の頭目となっているチエに流れていた。その金は決して、他の看護補助者の手には渡らなかった。

この春から真夏にかけ、主に内科病棟の寝たきり患者の死亡数は毎月十人以上にものぼり、死者は日常茶飯事であった。そのほとんどは老人性痴呆症などで入院した患者で、家族の引き取りもないままに鉄格子の病室から内科の病室への転室組である。死者の何人かは大学の付属病院へ献体される。県内医療の最高レベルを誇る大学病院が、最低の医療水準でしかない、この病院によって支えられている事実は動かしようのない事実であった。

大学病院の医学生が実験に使う「素材」の最大供給元がこの病院なのである。過大な表現をすれば、県内の医学がこの病院に依拠していた。岩見はその構図がなぜかしら面白く、また哀しく思えた。彼は保護室に収容されている吉太郎にこの事実をどう伝えようかと思案しながら、相談者の待っているドアの前に佇んでいた。

5

正面玄関に突然、浅葱色の戦闘服を着込んだ自衛隊員が駆け込んできた。吉太郎の面会者が待つ外来室のドアのノブに手を触れた途端のことである。空港北側から海岸線に沿って延びた砂地が、この県に駐在する陸上自衛隊の演習場であった。

「こちらにドクターいますか？」

隊員は汚れた手で額の汗を拭きながら言った。

「どうしたんです」

血相を変えて走ってきた同年代の若者の顔を見て尋ねた。岩見は隊員の誰かがケガをしたのだろうかと鷹揚に構えた。

「近くで演習をしていたんだが、人が木に首を吊って死んでいるようなので」

「自殺ですか？　うちの患者のようですか？」

「さァそれは分からないけど、そんな気もしないでもないよ」

「とにかく分かりました……先生に連絡しますから」

「お願いしますよ。まだ演習が残っているから」

「はァ……」

野戦演習は以前、内科の大部屋の二階から見たことがある。ヘルメットに木の枝などをくくりつけた自衛隊員が肩から自動小銃をぶら下げ、ハマナスが群生する砂地を這いずり廻っていた。

岩見は踵《きびす》を返し、とりあえず事務室の狭い階段に足を掛けた。

「誰かは分かりませんが、自殺が近くであったようです」

「患者か？」

「良くは分かりませんが、もしかすると、うちの患者さんかもしれません」

「何も珍しいことではないじゃないか」

事務次長の矢沢が悠然と吐き捨てる。

「自衛隊員が練習中に発見したようなんですが、うちの患者であればことが大きくなる前に早く、処置した方が良いと思いまして」

岩見は病院組織の一員としての弁舌を弄した。

「病棟内でのことじゃないのかッ⁉」

「違います」

「どうしてそれを早く言わんのだ！」

赤ら顔である矢沢が、その顔を更に真っ赤にして怒鳴った。

岩見は彼に怒られ、ハッと胸に迫るものがあった。自殺者はもしかして数日前から無断離院している山上かもしれないと思った。彼は依然として失踪したままである。不安が脳裏を過る。たった一人の異母兄弟の姉にも連絡が入ってないという。

「病棟に連絡したのか？」

「まだです」

「病棟に連絡するのが先決だろう。おい誰か、早く連絡しろ！」

「ぼくが直接、病棟に行きます」

岩見はそう言うなり、事務室を飛び出していた。

吉太郎への面会者を待たせたままになっている。彼は先ほどより、更に乱暴に階段を駆け降りる。背後から二度三度、彼の名前を呼ぶ声がする。階段を降りきったところで振り返った。事務長の橋田の顔が見えた。

「ちょっと部屋にきてくれ」

「今ですか、自殺者が出たらしいんです。それに相談者もいるし……」

「そんなに時間はかからんよ」

声の調子が厳しい。岩見に有無を言わせない声の響きである。

事務長室は事務室の向かいで、当初は院長室であったが病院に院長がほとんど顔を出すことがなかったので、自然と橋田の部屋と化していた。岩見はなぜ橋田に呼ばれたものか理由が分からないまま部屋の中に入ると、目の前に小柄な婦長がソファーに座っている。不安の宿る瞳で彼女と視線を合わせた。

「事務長さん、この人は事務の人なんですか、それとも看護なんですか。看護であれば、総婦長の私の指示に従ってもらわねばなりません。事務の人であれば、勝手にちょくちょく病棟に入るのは止めてもらわねば。事務はあくまで事務、看護は看護ですからね」

婦長は皺が刻まれた顔に空気を吹き込むような感じで一気に捲し立てた。

「そんな、一方的な話がありますか」

「はっきり言って、あなたに病棟に気軽に入ってこられると迷惑なの。事務長さんも、そこのところ分かってください」

「そう頭から気張らなくとも。岩見くんとそう敵対しなくてもいいじゃないか」

橋田が笑顔を浮かべ、穏やかな口調で彼女を制した。

「ぼくはケースワーカーです。病棟に入るのも仕事のひとつです」

「あんたがきてから患者は不穏になるし、病棟の運営には文句を言うし、看護者もみんな迷惑しているのよ」

「病棟の運営に文句を言った覚えはありませんけど」

「何言ってるの、いつも仕事のジャマをしてるじゃないのよ。それに私に文句を言うじゃない。私はここにいる事務長さんと院長先生から病棟を任せられた総婦長ですよ」

「文句じゃありませんよ」

岩見は自殺現場に急ぎたい衝動と鎌田の面会者のことが気になり、頭蓋がパンクしそうである。それに彼女の物言いに反撥する気持ちで苛立っていた。

「患者の処遇について婦長さんに相談がありますと、確か言ったはずです。はなから婦長さんはぼくの話に聞く耳を持たないじゃないの。そんな看護者がどこにいますか」

「こうでしょう、事務長さん。良くこんな傲慢な人を採用しましたね」

「傲慢なのは婦長さんの方じゃないか」

「君もすぐに喧嘩ごしにならないで」

橋田が命令口調で、二人に割って入る。そして吸いかけていたタバコを灰皿でもみ消した。

「患者のことで対立していることでもあるのか?」

「患者の処遇方法、作業療法、病棟の運営と色々あります。特に保護室に入れられた患者のことでは、婦長さんに何度も直談判もしましたけど、あくまでも相談で文句ではありません」

「保護室？　新崎キクヨのことか？」と事務長が驚いた顔で婦長に視線を移した。

岩見は彼女の返答を聞き逃すまいと耳を澄ました。新崎については以前、看護婦の涼子が新崎の自宅に電話をかけさせてもらえないかと婦長に訴えたことがある。婦長から許可が出ないまま新崎キクヨは死亡したのである。

「ううん」と婦長が首を振った。

「別の患者のことか？」

「あなたは相談って言うけど、患者を保護室から出してほしいというのは越権行為なのよ。分からないの」

「それは以前の精神病院であったならそんなこともあったでしょうけど、今はチーム医療の時代ですよ。どう考えても症状が落ち着いている患者を長期間にわたって保護室に収容しているのは非治療的じゃないですか」

「それじゃ、あなたに聞きますけど、あの患者がもし、他の患者や看護者に暴力を振るってケガを負わせたら誰が責任をとるんですか。あなたが責任とりますか？　それに病気の症状があって、病棟で他患者と一緒に生活できないのだから仕方がないでしょう」

「精神分裂病の症状があると言いますが、保護室に隔離するほどの症状があるとは思えない患者をどうして急に隔離したりするんですか。おかしいじゃないですか！　患者の症状ではないでしょう、病院の都合ではないですか。いい加減なことを言わないでください！　それこそ患者にとって迷惑な話です。婦長さん自身、自分があの部屋に監禁された場合のことを想像してみてくださいよ！」

岩見は言葉を荒げ、正面から彼女を見据えた。

「まあまあ、そう興奮しないで。君は猪突猛進型だな。婦長も岩見くんと同じ年頃の息子がいるんだから、彼の姿勢も理解してやらないと」

「息子のことを引き合いに出さないでください」

婦長の語尾が震えている。彼女の小柄な体がさらに萎びた感じがする。自分と同じような年ごろの息子がいたとは知らなかった。否、斎藤から以前、そのような話を聞いたような気がする。彼女には橋田が言うように岩見と同年代の一人息子がいた。広域暴力団の構成員で、覚醒剤所持で逮捕歴もあるらしい。刑務所を出てはシャブで捕まり、傷害事件も起こしていた。彼女の顔を盗み見ながら、七十歳過ぎまで働かねばならない彼女が急に哀れに思えてきた。

「病棟管理の基本理念は、いかに患者本位の医療が行われるかということだ。そうだろう？岩見くん」

「はい、そうだと思います」

「病棟は治療の場であり、患者の生活の拠り所でもある。うちの病院にも、やっと君のようなスタッフがきたのだから」

「事務長さん、どうしてこういう人を認めるんですの。それじゃ、私たちは仕事できませんよ」

「まア婦長、そう怒らないで。ちょっと聞いてくれ、君も」

窓から外に視線を移すと、営繕係が精神科の大人しい患者と新しいレントゲン室の基礎工事の杭打ち作業をしている。閉鎖病棟と内科の病室を繋ぐ曲がり廊下の付近に、それを新しく建てるのだ。

「私も君がうちにきてからケースワーカーという職業を勉強させてもらった。自分なりに理解したつもりだ。だから君は看護者と補完的に協力し合い、病棟の民主化を図ってほしいと思っている。ただ、うちの病院の特殊性というものもあるからね。その辺を考慮し、仕事をしてもらわないと。みんなと衝突しているばかりでは良いチーム医療はできないだろう」

橋田はやんわりと岩見を煙に巻いた。彼の理論に接し、「君はまだ、若いよ」と言外に諭された感じがする。岩見は自殺した患者が誰なのか確かめたい衝動を必死に抑え、反論せずにはいられなかった。

「チーム医療というのであれば、どうして鉄格子を金網なんかで覆うという発想が生まれるのですか。これは事務長さんと婦長さんが独断で決めたという噂です」

「アルコールが閉鎖病棟に持ち込まれていると看護の方で言うもんだから、それではその経費を考えましょうということだ。私と婦長だけできめたことではない」

橋田が曲毛の頭髪に手をあて、真顔で反論した。

「精神病院が最近、どんどん開放化に向かっているというのに、この病院は鉄格子の上にさらに金網を張るという。こんな愚かしいことはないじゃないですか。それでなくとも患者は自由が制約され、閉鎖病棟で苦労して療養しているんですよ」

「そんなことは君に言われなくとも分かっているさ」

「それなら……」

「だから」

橋田が強い口調で、彼の言葉を遮った。

「この病院の特殊性も考えろとさっき言ったばかりだろう」

「……」

岩見の脳裏に不確かな閃光が走る。辞職という言葉が浮かぶ。金縁のメガネの奥から橋田の強い視線を感じる。

ドアがノックされ、医事係の女性が顔を出した。

「婦長さん、病棟から電話ですけど」

「こっちに回してもらえないの」

「内線電話は、そちらに回らないもんですから」

「すぐ戻るからって言っておいて」

医事係の女性と一緒に岩見はその場を辞した。背後からクーラーの回転音に吸い込まれるように、婦長の捨て台詞が聞こえた。

「私のいった通りでしょう。これから思いやられるわね」

6

真夏の光線が砂に反射し、鏡面のように輝いて眩しい。

自殺したのは山上でほぼ間違いないらしい。白衣の裾を翻し、岩見はありったけの力を振り絞って自殺現場に駆けていた。外来室が気になり、病院の方を途中で振り返った。息を整え、彼は再び、熱い砂の上を走った。遥か前方を歩いている人間の後ろ姿が見える。男女のようである。岩見の視線が石川と久美子の存在を捉えた。二人は仲睦まじく、ハイキングにでも行くような感じで歩いている。石川の妻を加え、先ほどの医局は修羅場であったのが、ウソのようである。

岩見は二人をあっという間に抜き去り、熱を帯びた砂地に足を捕られ、靴の中に乾いた砂が入り込む。非常に走りにくい。足場の悪いこんなところまで、足の不自由な山上が必死の思いで歩いてきたことを思うと、彼は胸が締め付けられた。

二人を追い越してからも彼は夢中になって走った。落葉低木がところどころに群生し、ハマナスの花弁の鮮やかな色が瞳に飛び込む。息苦しさを感じ、走るのを止めて歩き出した。平らな砂地が途切れ、松林が視界を遮って林立していた。散策道のような小道が林の中に自然と造られている。その小道に沿って歩いて行くと、凪《なぎ》の海原が開け、白い小船が波頭を抜き手を切って進むのが見える。近くから話し声が聞こえる。白衣を纏った看護者の姿が瞳に飛び込んできた。

「山上さんに間違いないですか?」

岩見は前方に佇んでいる看護人に声を掛けた。

「そうだ」

「可哀相に……」

声にならない声で彼は呟く。

全身から力の抜けて行くのを感じた。なぜだ、と義憤にも似た気持ちが生じる。人生は生きるに値すると断言はできないが、それでも明確に否定はできない。山上はそんな思いを自ら否定したことになる。誰にも別れを告げず、自らの手で生命を断ったのである。暗澹《あんたん》とした気持ちが岩見の胸に広がる。

「後から先生がきますから」

「早くこないかな。臭くてかなわんよ」

背がひょろ高い看護長が迷惑そうな顔で言った。

首を吊り、細い幹にぶら下がっている山上の死に顔に岩見は手を合わせた。彼はかろうじて立っていた。そのグロテスクな顔を凝視した。彼のためになにもしてやれなかった自分の無力さに心の痛みを感じる。人間の死体がこれほど味気なく感じるのは、矢沢病院で頻繁に死者と接するからであろうか。人間が本来持っている感情が鈍磨し、喪失してきているのであろうか。

脳裏に、山上が自分の詩を朗読する声と重なって虚ろな顔が浮かぶ。

岩見の内部に自責の念が生じる。大学で学んだ「福祉」なるものが途方もなく無力に感じた。車イスに座った脳性麻痺者（CP）の聞き取りにくい声が蘇る。

「アナタガタハ、福祉トイウ魔法ノ技術デ我々ヲ抑圧シ、自分タチダケデ納得シテイル。福祉トハナンデショウカ。我々ノ敵トシテ、我々ノ前ニ巨大ナ壁トシテ立チハダカッテイル。アナタガタ福祉従事者ヤ福祉学生トハ、ナンデショウカ……」

あの、学生時代に驚愕した障害者の叫びが、再び脳裏で蠢く。その時、岩見の手に『我々はかく行動する』という表題の冊子が握られていた。冊子には、殺される側のラジカルな叫びが次ように記してあった。

「我らは自らがＣＰであることを自覚する。我らは現代社会にあって『本来あってはならない存在』とされつつある自らの位置を認識し、そこに一切の運動の原点を置かなければならないと信じて、且つ行動する」

確かに福祉なるものを一口で説明することは難しい。福祉の概念は時代と共に動いているように思う。大学の講義では、「ソーシャルニーズに対応する理論と政策を提供する実践的科学でなければならない」と学んだのだが。

福祉とは、本来の意味で基本的人権から生じた人権尊重でなければならない。それを実践するための理論と政策であるとすれば、現実の福祉現場はいびつな社会の諸矛盾を隠蔽するだけの場であるかのように感じる。要するに自分はその「臭い物」にフタをするために働いている番人のようなものだと、鬱屈した思いが渦巻く。岩見はそう考えたら気が滅入ってきた。

「わァ、臭い。なァにこの臭《にお》い」

背後に日焼け止めの化粧を施した久美子が立っている。医局にいた時より化粧が厚いように見える。

「なァに、あの顔は。口から蛆《ウジ》が湧いているじゃない」

彼女は山上の死顔を見て思わず顔を背けた。豊満な胸に両腕で抱えていた石川の診療鞄を砂地に落としてしまった。

彼女が言うように、うっすらと開いた山上の口唇からは、ぞろぞろと蛆が這い出し、瞳に大きな銀バエが黄色の卵を産みつけている。眼窩はその卵でほとんど埋没していた。魚が腐ったような死臭が辺りの松林の樹皮に纏いつくように臭っていた。

「患者に間違いないのか」

「はい」

看護長が応えた。

「連絡したんだろうね、警察には。病棟内ではないから連絡しておいた方が後々、面倒にならないからね」

石川は金縁メガネのレンズをハンカチで拭きながら、肩をならべている看護長に視線を向けた。石川は当然、入院患者の顔は覚えていないのである。

「婦長さんがしているはずですから、そっちの方は大丈夫だと思います」

「警察がくるまで、この暑いのにいなければならないとは情けないね。それにしても暑いな、ここは」

砂地からの照り返しは相変わらず強い。石川は白衣の懐からタバコを取り出し、掌で囲いながら火を点ける。山上は高さ三メートル余の松の幹にタオルを男結びに巻き付け、もう一本のタオルをそれに通し、首に掛けて縊死していた。膝を曲げ、自重をかけての自殺であった。治癒の見込みがない難病を背負い、人生に絶望を感じての自殺なのだろうか。彼が長い闘病生活の末にたどり着いた結論は、皮肉にも自分の生命を摘み取ることだった。不意に彼の詩の一節が浮かぶ。

生きる者と死に向かう者の声
今ぼくの耳に交錯したそれらの叫びが
ひとに聞こえるのはなぜか

外来室に待たせている鎌田吉太郎の面会者のことが気になる。岩見はもう一度、山上の死に顔を脳裏に焼き付けるように合掌し、その場を離れた。松林のすき間から人の声が聞こえる。彼の足が竦《すく》む。

「おい、ここだ」
ゴルフ場開発に反対する会のメンバーが、どういうわけか岩見の目の前に現れた。
「病院が騒々しいから何事かと事務員に聞いたら、患者が自殺したというではないか。もし吉太郎であったら大変と考えて、ここまできてみたんだが、吉太郎ではないだろうな」

「違います」

「岩見くん、その人たちは誰？」

石川が神経質そうな顔を向け、岩見に尋ねる。

「入院患者の面会者です。患者に面会させてほしいと話していますが」

「精神科の患者か」

「そうですが」

岩見の背後に佇む反対する会の一人が石川の方に深々と頭を下げ、「あの、病院の先生ですか？」と尋ねた。

「そうだが」

石川が背筋を伸ばし、メンバーの三人の顔を一瞥した。

「お願いですから、面会させてもらえないでしょうか」

「別にかまわないだろう、面会ぐらいは」

石川が看護長に視線を送る。看護長の北村は伏し目勝ちに、先生が同意するなら自分は異存がないとでも言いたげな顔で頷く。石川は保護室に収容されている患者のことなんか知る由もない。同室者から暴行受けたことも病棟から報告を受けていないはず。仮に報告を受けたとしても無関心を示したと思えるが……。

「患者の名前は」

「鎌田吉太郎です」と会長が即答した。

「そうですか、それじゃ病棟で手続き……」

「先生、ちょっと」

顔色を変えて看護長が石川の言葉を遮る。鷹揚に構える石川の腕を引っ張り、その場から少し離れた場所に移動した。看護長は石川の耳元に何やら囁いている。

「岩見くん」

物凄い形相をした石川が岩見を睨み付け、彼の名前を呼んだ。大きな眼が更に飛び出したような感じである。足元の砂を潮風が巻き上げ、砂地を這う。ぎらぎらした暑さの中で、岩見がゆっくりとした足取りで二人が佇む場所に歩を進めた。二人の背後に白い汀線が遠くに見える。紺碧の空に積乱雲が海に覆い被さるように浮かんでいた。

「鎌田という患者は他患に殴られ、保護室にいるというじゃないか」

「そうですよ」

岩見はふて腐れたような顔をした。

「それを分かっていながら、なぜ面会を希望しているなんて言うんだ。問題のある患者だろう」

「そうとばかりは言えませんけどね」

「お前、先生に向かって、その態度はなんだよ！」と看護長が珍しく声を荒げ、岩見を詰問した。

「どういう人たちなの、あの人たちは。君は彼らと会っていたんだろう。どうしてこの場にきているんだい」

「鎌田さんの仲間だそうです」

「それがどうして面会を求めてきたの？」

「多分、ゴルフ場開発の問題と関係があるんだと思います」

「話がよく分からんが」

「彼らはゴルフ場に反対している住民か」と看護長が口を挟んだ。

「そのようです」

「どうしてそんな大事なこと、早くいわないんだ。そうすれば面会を断ったのに」

「………」

数十分前、吉太郎のことや自殺した山上のことを相談するため医局に足を運んだことを無視し、石川は休火山が爆発したように眼を剥いて岩見を叱責した。痴話喧嘩を繰り広げていた自分たちのことを棚に上げて。岩見は胸の奥から反撥心が湧き起こるのを必死に抑えた。

「先生、とにかく今の状態では会わせるわけにはいきませんよ」

看護長の北村が焦っている。

「患者の状態はそんなに酷いのか」

「顔の腫れはまだ引けてない状態です。とても他人に会わせるわけにはいかないでしょう。病院の規則で知人の面会はだめだとはっきり断った方がいいですよ、先生」

「そうよ、その方がいいわよ」と久美子が何時の間にきたのか、傍から口を挟んだ。

「それにしても困ったね……納得してくれるだろうかね」

頭髪が熱を浴びて暑い。西に傾いた太陽の光が燦燦《さんさん》と頭上に降り注ぐ。虚ろな瞳で石川が宙を仰いだ。先ほどの小船が凪《な》いだ海に浮かんだまま海中に釣り糸を垂れている。自殺現場の方が騒がしい。松林のすき間から制服姿の警察官が歩いてくるのが見えた。

「警官がきたようですね、先生」

「そうか。警官に事情を説明しなければならないから、あの人たちのことは君たち二人でうまく処理してくれ。久美子、行くぞ」

「そうですか」

背のひょろ高い看護長が一応、同意したものの心もとない顔である。

「先生」

今まで口を閉ざしていた岩見が毅然とした口調で、歩きかけた石川を呼び止めた。目玉を剥き出して石川が奇妙な顔で振り返る。

「あの人たち、鎌田さんに面会を求めてきたのです」

「何が言いたいんだ。それはさっき聞いたよ」

「面会が無理で、鎌田さんに会えないのであれば、先生からきちんと説明してもらえませんか」

「何を言いだすんだね、君は。私の話を聞いてなかったのか」

「聞いていましたよ」

「それじゃ、私の指示に従えないのか」

石川がメガネの奥から大きな瞳で岩見を睨む。看護長があっけにとられた顔で岩見の横顔を覗いた。

「もうしわけありませんが」

「………」

「あの連中の中には市民運動家の市議もいるんですよ」

「シギ?」

「市議会議員です。先生は第一、鎌田さんが入院してから彼の顔を見たことがあるんですか」

「お前、急に何を言い出すんだ。自分の言ってることが分かっているのか」

「いいよ、看護長」と石川が彼を制した。そして岩見を諭すように言った。

「ここで君と口論をしても始まらない。警官が待っているからね。看護長、良く彼と相談しておいてくれ」

「分かっております……」

看護長は伏し目勝ちに頷いた。

太陽の光の束が彼の瞳を射す。怒りで頬が痙攣している。焼け付くような砂地を踏みしめ、看護長の長い腕が不意に岩見の顔面に伸びてきた。岩見の左頬に拳が弾ける。岩見は唇を噛み締め、身体のバランスを保った。危うく彼は砂地に倒れるところであった。

「あまり調子に乗るなよ」

「なぜ、あなたに殴られなきゃならないんですか」

「ケースワーカーか何かは知らんが、お前は生意気なんだよ」

「それはどういう意味ですか。あなたこそ看護長として病棟で責任を果たしているんですか。いつも自分の車を磨いているか、チエさんと婦長さんの個人的な用事をしているだけじゃないですか」

「何ィ、何さまのつもりだよ、お前は。それが生意気だっていうんだよ」

彼の拳が再び岩見の顔面を捉えた。目の前の宙に光の塵が舞う。視界の先に阿呆船のような矢沢病院の錆びた屋根がぼやけて見える。自分の脳裏に数ヶ月間潜在的に眠っていた不透明な意思が、明確な言葉に収斂《しゅうれん》するのを自覚した。辞職という意識が脳裏の中で鮮明な色彩を放つ。

「もっと殴ってもいいですよ。あそこに警官もいることだし、あなたにその勇気があればですけどね」

口唇が切れているのか、岩見は口の中がひりひりするのを必死に我慢し、背を向けて歩き出した看護長に、そう言葉を浴びせた。

「あの先生が言ったように、鎌田さんの面会者の方たちには、ぼくが責任持って話をします！この病院の本当の姿を話すつもりですから！」

彼は足早に遠ざかる看護長の背中に向け、大声で叫んだ。

岩見はこれまで自分を抑えてきた鬱屈した気持ちを開放したいという衝動を抑え切れずに叫んだのである。覚悟は決まっていた。

鏡面のように輝く海原に漂っていた先ほどの小船の姿が見えない。彼は白衣のポケットに手を突っ込み、ハンカチをまさぐる。指に金属の冷たい感触が伝わる。閉鎖病棟の扉を開閉するカギである。それを握り締めると、海岸に向けて力任せに投げた。閉鎖病棟を象徴する金色のカギは太陽の光線に反射し、大きく放物線を描いて積乱雲の浮かぶ紺碧の彼方に消えた。


—完—

あとがき

「鉄格子とカギ」に象徴される精神病院が、時代とともに開放病棟化が進み、閉鎖病棟内に患者を拘束するという「前時代的」な治療は今日の時代に合致しないようになってきた。しかし、日本の精神医療は精神病床数の約九割を民間病院に依存し、国公立は約一割しか担当していない。

病院経営が経済原則の上に成立している限り、民間病院は多かれ少なかれ経済の影響を色濃く受けるのは現実と言える。医療の館（病院）というより、「金儲け」するための館――「阿呆船」は、現在も日本のどこにでも存在する。

医療保護から予防対策までを含めた「精神衛生法」（昭和二十五年）が制定され、その後、数回にわたり同法の一部改正が行われてきた。そして昭和六十三年七月、「患者の人権擁護と社会復帰」を根幹に据えた現行の「精神保健福祉法」が施行された。『阿呆船』は、この精神保健福祉法が制定される前夜の精神病院の実態に材を取ったものである。

精神病院の日常生活といえば、患者の非日常的な言動や行動、はたまた荒唐無稽な生活を想像するであろうが、現実はそうではない。病院もまた、社会の縮図である。慢性患者の多くいる病棟は特にそうだ。そのような背景から日本の精神医療には今、何が求められているのであろうか。

今日の遺伝子治療や臓器移植、ガン治療、生殖医療など、高度な医療世界の常識から外観すると、精神医療は非常に遅れているように思う。医療体質に問題があるのか、医療面の限界か、医師を頂点とする医療スタッフに問題があるのか——。それらを、精神病院に入院した患者群像を通し、考えてみた。

この小説の主人公は精神病院のケースワーカーとして現実の壁に直面し、「福祉」なるものの欺瞞性に気づき、絶対的な権力を持つ婦長らと格闘するが、彼の理想とする患者処遇とはほど遠い。今の社会が何事も自由でありながら、何もできないという時代閉塞と似ている。

精神病院の日常的な監禁と拘束、暴力と懲罰。異常とも思える薬物治療と私物検査。医療の名のもとで非人道的な治療が行われる病院の〝異常性〟に焦点を当てた。それは取りも直さず「人間の尊厳」を問いかけたもので、ケン・キージーの小説『カッコーの巣の上で』の日本版を意識した。

小説に挿入した詩は「日本海詩人」同人で、夭逝した保坂正男氏の詩集『生と死の響音』から引用した。また、表紙のカバーは陶芸家・菅野広志氏の協力により、作品を使わせてもらった。テーマに添うデザインとなり、この場を借りてお礼申し上げたい。
最後に、亡き父、我が侭を最大限許してくれた母、そして、妻にこの小説を捧げたい。

平成十二年盛夏

倉田 耕一

阿呆船《あほうせん》

2000年9月28日　初版第1刷発行

著　者　倉田耕一
発行者　瓜谷綱延
発行所　株式会社 文芸社
東京都文京区後楽2-23-12 〒112-0004
電話　03-3814-1177（代表）
03-3814-2455（営業）
振替　00190-8-728265
印刷所　株式会社 フクイン

ISBN 4-8355-0762-2 C0093